ÉMILE DELEROT

QUELQUES PROPOS SUR GŒTHE

VERSAILLES
L. BERNARD, LIBRAIRE-ÉDITEUR
17, rue Hoche, 17.

1908

QUELQUES PROPOS

SUR

GŒTHE

DU MÊME AUTEUR :

Conversations de Gœthe avec Eckermann, suivies de fragments critiques extraits des œuvres non traduites de Gœthe, et précédées d'une introduction par M. Sainte-Beuve. — 2 vol. (Bibliothèque Charpentier, 1862). . . . . . **7 fr.**

Versailles pendant l'Occupation. — Recueil de documents pour servir à l'histoire de l'invasion allemande. — 2e édition. L. Bernard, Versailles, 1900, in-8°. . . . . **6 fr.**

Ce que les Poètes ont dit de Versailles. — L. Bernard, Versailles, 1870, in-18. . . **1 fr.**

Notice sur Houdon, par E. Delerot et A. Legrelle. — Versailles. 1 vol. in-8°. *(Epuisé.)*

ÉMILE DELEROT

QUELQUES PROPOS SUR GŒTHE

VERSAILLES
L. BERNARD, LIBRAIRE-ÉDITEUR
17, rue Hoche, 17.

1908

SOMMAIRE

AVERTISSEMENT

La notice sur Gœthe a paru d'abord dans une *Bibliothèque des Ecoles*, publiée par la librairie Hachette. Les études suivantes ont paru dans la *Revue Nationale* et dans la *Revue de l'Instruction publique*. Elles ont été réunies dans une brochure épuisée depuis longtemps. On réimprime aujourd'hui ces essais, espérant qu'ils trouveront encore un accueil bienveillant auprès des amis de Gœthe.

Il est bien juste qu'il en ait en France, car Gœthe a été un Allemand d'une espèce assez rare en Allemagne : il ne croyait pas qu'il fût nécessaire de mépriser et d'insulter les Français; — il n'était ni rogue, ni perfide; — il appréciait la politesse; — il admettait que d'autres nations pouvaient avoir des qualités précieuses qui manquent aux Allemands; — il ne pensait pas que son peuple eût le monopole de la « vertu » et que sa « mission historique » lui donnât un droit et un devoir de domination brutale sur le monde européen; — il ne se mettait jamais sur le visage le masque menteur de la piété politique, etc..... Par ces quelques traits de son caractère, on voit assez que Gœthe serait très dépaysé dans certaines régions de l'Allemagne contemporaine.

C'est une raison de plus pour les Français de se tourner de temps en temps avec respect vers cette noble figure.

Et puisque les Allemands vénèrent Gœthe, et admirent en lui le représentant le plus glorieux et le plus complet de leur race, on peut se poser cette question : Pourquoi donc ne cherchent-ils pas plus souvent à lui ressembler un peu, en lui empruntant quelques-unes de ses qualités les plus belles, les plus humaines?...

Il est permis de penser qu'ils y gagneraient beaucoup.

I

Le 28 août 1749, au coup de midi sonnant gaiement à toutes les églises, par un beau soleil, venait au monde à Francfort-sur-le-Mein un enfant qui devait rendre célèbres dans sa patrie ce jour et cette heure, car ce nouveau-né, c'était Jean-Wolfgang Gœthe, c'est-à-dire le plus grand poète de l'Allemagne et un des plus puissants génies dont s'honore l'humanité.

L'enfant marqué pour un si heureux destin avait comme premier bonheur l'avantage inappréciable de naître dans une famille justement considérée. Son père était un des citoyens les plus respectés de la vieille cité impériale de Francfort. Caractère grave, esprit solide, il exigea que son fils s'appliquât de très bonne heure à l'étude avec la plus grande régularité, et grâce à ses soins attentifs, l'enfant, doué des plus brillantes facultés, put acquérir dès les premières années une foule de connaissances qui lui donnèrent une précoce maturité.

Pendant que son père, sérieux et sévère, veillait avec une certaine rigidité à ses études, sa mère, aussi remarquable par son bon sens que par sa gaicté, se plaisait à développer son imagination. Elle était inépuisable en contes, en fables, en récits de toute sorte, et l'enfant, à cette école, inventait à son tour et s'exerçait sans le savoir à son futur métier de romancier. Les grands-parents étaient non moins dévoués au cher petit Wolfgang : la grand'mère lui fit un jour cadeau d'un magnifique théâtre de marionnettes ; l'enfant, mis ainsi en possession d'une troupe de comédiens, s'improvisa aussitôt directeur et auteur dramatique. Il donna à ses camarades ravis des représentations que plus tard, dans sa vieillesse, il se rappelait comme une des joies les plus vives de son enfance.

Devenu jeune homme, les facultés admirables de son intelligence prirent leur essor avec une vivacité extraordinaire. Il abordait toutes les études, portant de tous côtés une curiosité insatiable, une pénétration merveilleuse. Il était non moins passionné pour les plaisirs : les fêtes, les bals, les parties de campagne se disputaient ce beau jeune homme élégant, élancé, alerte, dont les yeux noirs étaient si étincelants, et qui partout se faisait adorer par son entrain joyeux, par l'éclat éblouissant d'une verve toujours prête, par la hardiesse de ses allures franches et originales.

A ce moment si rapide et si brillant de l'adolescence, que voulait-il être? Il n'en savait rien lui-même. Déjà pourtant il avait écrit des vers; il en écrivait constamment;

tous les événements gais ou tristes de sa vie lui en inspiraient, mais il n'y attachait pas autrement d'importance : étant né poète, les rimes heureuses lui échappaient involontairement, comme les notes mélodieuses à l'oiseau chanteur. Son père ne le blâmait pas, il était même assez fier de ses talents; mais, tout en tolérant la poésie, il entendait bien que son fils prît une profession, et celle qu'il avait choisie pour lui était celle de jurisconsulte. Il fallut donc que Wolfgang allât faire son droit, d'abord à Leipzig, puis à Strasbourg.

Le jeune étudiant était si incertain sur son avenir que, pendant son séjour à Strasbourg, il songea à se faire écrivain français, tant la littérature française exerçait alors de prestige sur nos voisins et tant la littérature allemande paraissait peu de chose. C'était Gœthe, en effet, qui était destiné pour ainsi dire à la créer. Par un de ces bonheurs qui reviennent constamment dans son existence, il fit la rencontre à Strasbourg d'un jeune homme, nommé Herder, qui devait être en critique ce que Gœthe fut en poésie : un rénovateur de génie. Herder lia amitié avec Gœthe, et lui fit pour la première fois comprendre vraiment Homère, Shakspeare et la poésie des époques primitives; il lui fit détester les œuvres factices, artificielles, qui ne jaillissent pas du plus profond de notre cœur, et il ouvrit ainsi à son ami des horizons nouveaux et immenses. Gœthe, dès lors, avait trouvé sa voie, et il y marqua ses premiers pas par des chefs-d'œuvre qui rendirent immédiatement son nom célèbre dans toute l'Allemagne et au delà.

Gœtz de Berlichingen fut le premier de ces chefs-d'œuvre. Tenté un instant de trahir son pays pour se faire Français, Gœthe, sentant sa faute, s'était rejeté avec d'autant plus de passion dans l'étude et dans l'amour de la patrie allemande. Il était alors, comme tout jeune homme, violemment épris d'indépendance, de liberté. Il découvrit, dans l'histoire du seizième siècle, un chevalier qui l'enthousiasma, parce qu'il le trouvait animé des sentiments qu'il éprouvait lui-même. Ce chevalier, nommé Gœtz de Berlichingen à la main de fer, était un brave et généreux soldat, ayant quelques ressemblances avec don Quichotte. Comme le héros espagnol, Gœtz avait voulu mener la vie chevaleresque dans une époque où il n'était plus permis de courir librement les chemins pour exercer soi-même la justice et, en dépit de la noblesse de ses intentions, il avait fini par être traité comme un malfaiteur. Le jeune Gœthe qui, lui aussi, trouvait tyranniques et humiliantes les contraintes de la vie sociale de son temps, résuma la vie du chevalier dans une série de tableaux inexacts historiquement, mais d'une énergie admirable. Depuis Shakspeare, on n'avait pas écrit un drame aussi vivant, aussi profond dans sa simplicité un peu rude.

Bientôt après, Gœthe publiait un petit roman, *Werther*, où, avec une sincérité et une éloquence jusque-là inconnues en Allemagne, il exprimait quelques-unes des tristesses et des amertumes qui avaient déjà traversé son cœur.

En même temps, il écrivait une foule de petites poésies détachées, où il peignait en vers d'une délicatesse exquise les émotions passagères et insaisissables qui naissent dans une âme de poète s'ouvrant à la vie, à l'amour de la nature, à la rêverie. Mais ce n'était pas assez. Ni *Gœtz*, ni *Werther*, ni les *Lieder* n'avaient pu révéler suffisamment le trésor si riche d'aspirations ardentes que son cœur renfermait : il lui fallait encore un confident; il le trouva dans le docteur Faust. On vendait alors au peuple, en Allemagne, dans toutes les foires, un petit livret, mal imprimé sur vilain papier gris, qui contenait une légende très ancienne, comme les colporteurs vendent chez nous la complainte du Juif errant ou de Geneviève de Brabant. Cette légende populaire racontait l'histoire d'un certain docteur Faust, qui, pour devenir plus savant, avait fait un pacte avec le diable, lui avait vendu son âme, et, après avoir mené une existence fantastique et peu édifiante, avait fini par être emporté en enfer. De ce récit banal, connu de tout le monde, Gœthe fit un poème dramatique, tableau merveilleux de poésie et de passion, qui est considéré par bien des juges comme l'œuvre littéraire la plus étonnante de notre temps.

Gœthe avait alors vingt-six ans. Malgré la renommée que lui avait donnée ses premières œuvres, son père n'avait pas renoncé à faire de lui un jurisconsulte. Heureusement Gœthe, toujours favorisé par le sort, fit alors par hasard la connaissance d'un jeune souverain, le duc de Saxe-Weimar, qui, voyageant en Allemagne, désira le voir à son passage par Francfort. Le poète fit la conquête du prince, qui l'invita à venir quelque temps à sa

Cour. Gœthe y consentit, partit pour Weimar et, une fois là, il y resta toute sa vie. Le duc ne voulut plus se séparer de lui. Il lui confia un emploi élevé, le combla de caresses, d'honneurs, de présents et surtout lui donna son amitié tout entière. Gœthe, dès ce moment, devint une espèce de vice-roi. Il porta dans ses nouvelles fonctions sa haute intelligence, son activité, son goût d'ordre et de clarté. Un peu plus âgé que le duc, il exerça sur lui une très heureuse influence, qui fit de Charles-Auguste un des princes les meilleurs et les plus libéraux de son siècle. Pendant dix ans, Gœthe fut donc surtout administrateur et homme de Cour. Il profita de son règne pour rendre les plus grands services à ce petit duché de Saxe-Weimar, grand à peu près comme un de nos départements, et qui semblait fait exprès pour intéresser et instruire un poète sans peser sur lui d'un poids trop lourd.

En même temps qu'il administrait son

duché avec une remarquable sagesse, Gœthe faisait de la petite capitale Weimar la ville la plus littéraire de l'Allemagne; l'opinion lui donnait bientôt le surnom d'Athènes de la Germanie, et, en effet, autour du ministre-poète se groupa toute une élite d'écrivains qui saluaient en lui le maître et le chef de la littérature nationale, désormais reconnue et respectée de l'Europe.

Cependant, si Gœthe était comblé d'honneurs, il était aussi surchargé, non seulement d'affaires administratives toujours croissantes, mais de ces devoirs fastidieux, stériles, qu'on appelle « les obligations du monde », et il était trop poète pour ne pas préférer à tous les avantages l'indépendance, la rêverie, la solitude, qui permettent de causer librement avec cette amie invisible que les poètes ont de tout temps appelée « la Muse ». Aussi, un beau jour, après dix ans de bons services, et après avoir obtenu l'autorisation de son ami Charles-

Auguste, qui lui pardonnait d'être encore plus poète que ministre, Gœthe s'évada de la Cour et se sauva en Italie, où il vécut en artiste, incognito, pendant deux ans. M. le ministre et conseiller intime de Gœthe avait disparu et s'était transformé en M. Muller, peintre absolument inconnu; sous ce déguisement, il jouit avec délices de l'obscurité et de la liberté qui lui permettaient de se livrer tout entier à ses travaux les plus chers. Ce fut pour lui une seconde jeunesse. Pendant les dix années qu'il avait dû consacrer à la Cour, il n'avait rien publié de bien remarquable : sa vie et son âme étaient trop dispersées. Rendu enfin à lui-même et débarrassé de ses grandeurs, il redevint grand poète comme autrefois.

Mais un changement notable s'était opéré en lui. Ce n'était plus le jeune et ardent rêveur, d'allures assez folles, assez révolutionnaires, et qui passait aux yeux des sages pour un dangereux extravagant. L'âge, l'expérience, la pratique des hommes, les déceptions inévitables avaient donné à Gœthe des qualités nouvelles, toutes différentes des premières. Le calme réfléchi, la sérénité, la douceur, la bonté, tels étaient désormais les caractères de son génie. Mis face à face, dans les musées d'Italie, avec les chefs-d'œuvre de la Grèce, il s'éprit d'un amour ardent pour la beauté antique, c'est-à-dire pour la beauté tranquille et noble. Il se fit Grec, cherchant à se rapprocher intérieurement de cette race heureuse, amie de la mesure et de l'harmonie sereine.

Les deux grands drames qu'il rapporta d'Italie, *Iphigénie en Tauride* et *Le Tasse*, sont des œuvres d'une lecture délicieuse par la douceur bienfaisante qu'elles exhalent. Il y joignit bientôt un poème épique non moins ravissant : *Hermann et Dorothée*, petit tableau de mœurs villageoises, peint en souriant avec des couleurs adroitement empruntées à Homère et maniées avec une aisance sans pareille par l'artiste le plus habile qu'il soit possible d'imaginer. De toutes les œuvres de Gœthe, c'est celle-là surtout dont on peut recommander à tous la lecture et l'étude. Il n'y a pas d'histoire plus simple; il n'en est pas qui soit plus riche en beautés touchantes et élevées. Un passage a, pour nous autres Français, un attrait particulier. L'épisode étant placé au moment de la Révolution française, Gœthe a trouvé là l'occasion de célébrer en grand poète l'élan si généreux de notre année 1789. Il nous faut connaître ces vers superbes, qui sont parmi les plus beaux que cette époque ait inspirés :

« Quand le premier éclat de ce nouveau soleil, s'écrie Gœthe, vint à briller au ciel, quand on entendit parler de Droits, communs à tous les hommes, de la Liberté qui enthousiasme, de l'Egalité qui est si juste, oh! alors on sentit son cœur s'élargir, et dans notre poitrine, notre sang palpita et battit avec plus de fierté!... Chacun espéra désormais vivre indépendant; on crut voir se briser cette chaîne tenue par l'Egoïsme et l'Oisiveté, et qui pesait sur tant de nations!... Pendant ces journées si pleines d'événements, tous les regards étaient sans cesse tournés vers cette capitale du monde (Paris) qui avait ce titre depuis si longtemps et qui jamais ne s'en était montrée si digne... On se sentait comme une âme nouvelle, et on avait aussi un nouveau langage!... Les Français qui vinrent chez nous en armes semblaient nous apporter la concorde; ils avaient tous l'âme élevée, et plantaient joyeusement les arbres de la Liberté... Ils gagnaient tous les cœurs : aux hommes, ils plaisaient par leur brillante énergie; aux femmes, par leur grâce irrésistible... Les souffrances de la guerre paraissaient faciles à supporter, car on avait devant les yeux des espérances infinies. Le jeune homme qui entraîne sa fiancée dans le tourbillon de la danse goûte une joie sans égale : celle que nous ressentions était encore plus vive, car nous pensions toucher au jour où seraient réalisées nos espérances les plus sublimes, et tout le monde, vieillards, hommes faits, jeunes gens, parlaient avec une ouverture de cœur et une éloquence jusqu'alors inconnues!... Mais, hélas! ce beau ciel se troubla bientôt!... »

Si Gœthe, plus tard, a flétri justement les excès odieux ou ridicules des mauvaises années de la Révolution, on voit que personne n'en a salué les heureux débuts avec plus de sincère admiration.

A son retour d'Italie, Gœthe avait eu un nouveau bonheur, il avait trouvé à Weimar un ami digne de lui : Frédéric Schiller. Les deux poètes, qui jusque-là avaient été séparés, se sentirent frères, et jusqu'à la mort de Schiller, qui malheureusement arriva bien vite, ils donnèrent l'exemple d'une des amitiés les plus nobles, les plus pures, les plus fécondes qui aient jamais uni deux grands génies. Absolument étrangers à ces sentiments de jalousie qui trop souvent existent entre les écrivains rivaux, ils s'encourageaient mutuellement au travail, se prêtaient des idées, des plans, heureux tous deux de leurs succès et retrouvant, grâce à leur union cordiale, une verve, un élan qui les étonnaient eux-mêmes.

C'est alors que Gœthe écrivit son grand roman intitulé : *Les Années d'apprentissage de Wilhelm Meister*, vaste récit dans lequel il a exposé ses doctrines sur le meilleur emploi que l'homme doit faire de la vie. Un mot résume cette doctrine : il faut, écartant toutes les rêveries vagues qui essayent si souvent de nous séduire, choisir avec réflexion l'activité qui est le mieux en harmonie avec nos facultés, et qui nous permet, en nous limitant, d'être aussi utiles que possible. C'est seulement dans une activité limitée que l'homme peut trouver le bonheur, et dans tout bonheur, sachons-le bien, il doit entrer de la résignation et du renoncement. Quant à l'importance extérieure de la destinée, elle ne signifie rien ; la créature la plus humble peut, dans sa petitesse et son obscurité, atteindre la perfection de sa nature, et par suite se placer au premier rang des êtres et être l'égale des plus grands.

Une des figures de ce roman de *Wilhelm Meister* est devenue populaire entre toutes : c'est Mignon. Toutes les imaginations ont été charmées par cette enfant mélancolique, à la destinée mystérieuse, qui, née en Italie, sous le radieux soleil du Midi, et transportée dans les brumes du Nord, a sans cesse dans l'âme le souvenir douloureux du pays « où les citronniers sont en fleur, où, sous le feuillage d'un vert sombre, brillent les fruits d'or de l'oranger..... ». Ce chant de Mignon, ainsi que le *Roi des Aulnes,* le *Pêcheur*, le *Roi de Thulé,* sont dans toutes les mémoires parmi nous, parce que, même dans une traduction, ces petites pièces peuvent faire assez bien saisir le génie particulier de la poésie germanique, à la fois si vague et si pénétrante.

La mort prématurée de Schiller, en 1805, fut un coup terrible pour Gœthe. Il était contraire à ses principes de se laisser abattre; il avait même pour système d'éviter toute manifestation extérieure de la douleur, mais il avait beau vouloir la comprimer, elle prenait souvent sa revanche en brisant sa forte organisation. Il ne versait pas de larmes, mais il tombait malade. C'est ce qui arriva à la mort de Schiller. Quand il eut franchi cette crise, il se plongea plus que jamais dans le travail, le seul consolateur efficace.

Il avait alors plus de cinquante ans, mais sa curiosité, son désir de savoir et d'apprendre étaient aussi vifs que dans sa première jeunesse. Il suivait encore, comme un étudiant, des cours à l'Université d'Iéna, se faisant écolier de la meilleure grâce du monde, dès qu'il y avait une connaissance nouvelle à acquérir. Ce n'étaient pas seulement la littérature, la philosophie et les beaux-arts qui l'occupaient, il était au moins aussi passionné pour l'anatomie, la botanique, l'optique, la minéralogie. Dans chacune de ces sciences, il a laissé ou des découvertes de premier ordre, ou des aperçus et des expériences du plus grand intérêt.

C'est lui qui le premier a étudié la nature avec la conviction persévérante que tous les êtres qui existent sont pour ainsi dire un seul être se modifiant sans cesse et prenant, sous des influences diverses, des milliers de formes différentes. Cette idée de *transformisme*, de *métamorphose*, qui ne le quittait pas, qui obsédait son esprit, est devenue de notre temps une des idées capitales de la science, une de celles que tous les savants étudient et creusent avec le plus d'ardeur.

Par les œuvres que nous avons citées, et par une foule d'autres dont les titres seuls rempliraient plusieurs pages de ce petit livre, le nom de Gœthe était devenu un nom européen. Lorsque Napoléon Ier, lors de l'entrevue d'Erfurt, séjourna en Saxe, il demanda à voir Gœthe. La majesté tranquille et la solidité d'expression des traits du poète frappèrent sans doute Napoléon, qui, après l'avoir longtemps regardé, l'aborda par ces mots restés célèbres : « *Vous êtes un homme, monsieur Gœthe!* » On a le droit de donner à cette parole de Napoléon Ier tout le sens qu'elle peut recevoir, car une gloire de Gœthe, c'est d'avoir été un exemplaire remarquable et pour ainsi dire un échantillon admirablement complet de notre espèce.

Lorsque, plus tard, Napoléon Ier fut vaincu et rejeté hors de l'Allemagne, Gœthe, tout en étant très heureux de voir son pays délivré de l'étranger, ne s'associa jamais aux cris sauvages de haine qui étaient alors poussés par les Allemands contre la France. C'est que Gœthe, toute sa vie, nous aima et osa le dire. Il pensait et soutenait ouvertement que toute atteinte portée au génie de la France était une atteinte mortelle portée au génie de l'Europe elle-même. Il reconnaissait hautement les immenses services que, depuis des siècles, la France, par sa littérature et ses arts, a rendus au monde. « Comment, s'écriait-il un jour, comment moi, pour qui la civilisation est chose importante, pourrais-je détester une nation qui est une des plus civilisées de la terre, et à qui je dois une si grande part de mon propre développement !... » Il aimait à parler notre langue, dont il appréciait finement les mérites, et dont il a su transporter dans son style les meilleures qualités : la logique, la clarté, l'harmonie. Il avait surtout un véritable culte pour Molière. « C'est un homme unique, disait-il ; chaque fois qu'on le relit, on éprouve un nouvel étonnement. Tous les ans, je lis quelques pièces de Molière, de même que de temps en temps je contemple des gravures d'après les grands maîtres italiens. Car de petits êtres comme nous ne sont pas capables de garder en eux la grandeur de pareilles œuvres : il faut que de temps en temps nous nous retournions vers elles pour rafraîchir nos impressions. » Jugement mémorable, dans lequel on admire à la fois la profondeur et la modestie du critique.

Tous nos grands écrivains lui étaient familiers et il se tenait soigneusement au courant de toutes les publications qui paraissaient à Paris. A un moment où notre littérature dramatique était bafouée en Allemagne, il traduisait et faisait traduire des tragédies françaises pour le théâtre de Weimar, dont il était le directeur.

Cette fonction de directeur de théâtre, qu'il aimait beaucoup, fut la dernière qu'il garda, parmi toutes celles que lui avait confiées son ami Charles-Auguste. L'incident qui la lui fit abandonner mérite d'être rapporté. Un soir, malgré sa défense expresse, on joua *Le Chien de Montargis*, mauvais drame écrit uniquement pour donner à un chien savant l'occasion de déployer ses talents. Gœthe fut blessé au cœur. Il avait travaillé toute sa vie pour donner à ses compatriotes le goût des émotions les plus idéales, et, sur la scène où il avait fait jouer le *Guillaume Tell* de Schiller, on applaudissait un caniche! Tout ce qu'il y avait de noble dans cette nature si sérieuse, si élevée, se souleva avec indignation et dégoût contre ce triomphe de la vulgarité puérile, et il donna sa démission.

C'était la dernière qu'il eût à donner. Il était du reste tout près de toucher à l'extrême vieillesse. Délivré de ses fonctions officielles, sa vie fut désormais celle qu'il avait toujours estimée la meilleure : la retraite dans le travail et le commerce affectueux avec les esprits les plus distingués de son temps et de tous les temps.

Le duc de Saxe-Weimar lui avait donné,

en dehors de la ville, un jardin et une humble maisonnette isolée, devant laquelle coule doucement une belle rivière arrosant de riantes prairies. C'est dans cette espèce de maison de paysan, solitaire et silencieuse, que se plaisait à passer l'été l'ancien ministre du duché, le poète le plus illustre de son pays. Il avait planté et dessiné lui-même son jardin, genre de travail qu'il aimait beaucoup, et dans lequel il avait même une grande habileté, car c'est lui qui avait dessiné le beau parc du château de Weimar, très remarquable par l'adresse avec laquelle les mouvements de terrain ont été mis à profit pour augmenter les effets pittoresques. Dans un roman où il s'est plu, comme toujours, à se servir d'une fiction pour raconter une partie de sa vie, il a laissé un souvenir très intéressant des études qu'il avait consacrées à l'art des jardins. Heureux en cela comme en tout, il put jouir, à quatre-vingts ans, de l'ombrage d'arbres amis qu'il avait plantés de sa main un demi-siècle auparavant, et dont il avait eu la joie, très vive pour lui, de suivre et d'étudier le développement. Car les arbres et les plantes de son jardin n'étaient pas seulement le charme de ses yeux, ils étaient aussi comme des livres pleins de secrets qu'il feuilletait sans cesse d'un regard avide, pour tâcher d'y découvrir un de ces mystères, une de ces lois cachées de la nature qui préoccupaient constamment sa pensée. « Il faut, disait-il, observer la nature d'un œil très vigilant, car il lui arrive parfois de laisser échapper un de ses secrets malgré elle; il faut toujours guetter l'occasion où elle se livrera sans le vouloir, afin de la saisir au passage. » Gœthe, en parlant ainsi, se rappelait sa propre expérience : il avait fait deux découvertes importantes en anatomie et en botanique, et il les devait en partie à son habitude de toujours regarder et examiner avec la plus grande attention ce que le hasard lui mettait entre les mains ou sous les yeux. C'était pendant ses excursions en Italie, dans des promenades faites plutôt pour se distraire, qu'il avait trouvé des fragments de squelette et observé des formes de plantes qui avaient tout d'un coup jeté une lumière inattendue dans son esprit. Aussi, quand on voulait plaire à Gœthe et devenir un de ses amis, il suffisait de lui rapporter pour ses collections quelques échantillons curieux d'histoire naturelle, qui pouvaient devenir pour lui l'objet de longues et fécondes méditations. Il se plaisait à montrer ces trésors aux visiteurs illustres qui affluaient chez lui, venant rendre hommage au patriarche de Weimar, comme au siècle précédent on allait rendre hommage au patriarche de Ferney.

Que l'on fût philosophe, poète ou savant, en causant avec Gœthe, on trouvait un maître qui étonnait son interlocuteur par l'étendue de ses connaissances et par l'originalité de ses vues. Un de nos célèbres compatriotes, le philosophe Victor Cousin, qui passa par Weimar en 1817, a laissé un récit de l'entretien qu'il eut avec Gœthe, et il dit : « Il est impossible de donner une idée du charme de la parole de Gœthe : la précision et l'étendue, la netteté et la force, l'abondance et la simplicité, et une grâce indéfinissable sont dans son langage. Il finit par me subjuguer et je l'écoutais avec délices. Il passait sans effort d'une idée à une autre, répandant sur chacune une lumière vaste et douce qui m'éclairait et m'enchantait. Son esprit se développait devant moi avec la pureté, la facilité, l'éclat tempéré et l'énergique simplicité de celui d'Homère. Nous restâmes ensemble à peu près une heure : il n'a mis en avant aucun paradoxe et ne m'a dit que des choses neuves. »

Quelques années plus tard, un autre jeune Français, destiné comme Victor Cousin à devenir illustre, J.-J. Ampère, venait aussi en pèlerinage à Weimar, et voici comment il racontait sa visite :

« J'ai eu le plaisir de dîner plusieurs fois avec Gœthe en petit comité, et je l'ai entendu parler plusieurs heures de suite, avec une présence d'esprit prodigieuse, tantôt avec finesse et originalité, tantôt avec une éloquence et une chaleur de jeune homme. Il est au courant de tout, il s'intéresse à tout, il a de l'admiration pour tout ce qui peut en admettre. Avec ses cheveux blancs, sa robe de chambre bien blanche, il a un air tout candide et tout patriarcal. Entre son fils, sa belle-fille, ses deux petits-enfants, qui jouent avec lui, il cause sur les sujets les plus élevés. Il nous a entretenus de Schiller, de leurs travaux communs, de ce que celui-ci voulait faire, de ce qu'il avait fait, de ses intentions, de tout ce qui se rattache à son souvenir : il est le plus intéressant et le plus aimable des hommes. Il a une conscience naïve de sa gloire qui ne peut déplaire, parce qu'il est occupé de tous les autres talents et si véritablement sensible à tout ce qui se fait de bon partout et dans tous les genres. A genoux devant Molière et La Fontaine, il admire *Athalie*, goûte *Bérénice*, sait par cœur les chansons de Béranger, et raconte parfaitement nos plus nouveaux vaudevilles... »

La France lui rendait cette affection, car c'est en partie sous les auspices de son génie que se fit chez nous, de 1820 à 1830, cette révolution littéraire qu'on a désignée sous le nom de Romantisme. Pendant toute cette période, les poètes, les peintres, les musiciens étudièrent à l'envi ses œuvres et s'en inspirèrent pour renouveler notre littérature et nos arts.

Jusqu'à son dernier jour, Gœthe médita, composa, publia. Il avait quatre-vingts ans sonnés quand il mit la dernière main à son *Faust*, le poème qui avait été le compagnon et le confident de toute sa vie. En 1830, il suivit avec une attention passionnée la lutte de nos deux grands naturalistes, Cuvier et Geoffroy Saint-Hilaire, et le dernier travail qu'il entreprit fut un résumé critique de la discussion qui s'était élevée entre eux à notre Académie des sciences. C'est la France qui eut l'honneur d'occuper les dernières pensées de ce beau génie.

La mort le frappa le 22 mars 1832, après une courte maladie. Il avait quatre-vingt-deux ans. Quelques moments avant de rendre le dernier soupir, et lorsque sa vue sans doute s'éteignait déjà, il pria qu'on ouvrît les volets de sa chambre, en disant : « Laissez entrer plus de lumière... » Ce mot, le dernier qu'il prononça, est resté comme le symbole de toute son existence. Il avait en effet vécu pour chercher et répandre la lumière, et, avec la lumière, la sérénité, la vie, la beauté. Toujours travailler pour toujours s'élever plus haut par un progrès régulier et tranquille, telle avait été sa pensée constante. C'est ainsi, croyait-il, que l'homme, cet être si passager, si chétif, si ignorant, peut cependant connaître le bonheur suprême de se sentir en accord intime et profond avec l'Univers, que Gœthe, l'âme pénétrée d'une émotion religieuse, considérait comme une immense harmonie vivante, se déroulant paisiblement dans l'infini.

II

Au début de cette description de l'Orient qui forme le commentaire du *Divan*, Gœthe a dit : « *Qui veut comprendre le poète doit aller dans le pays du poète.* » Quelle que soit la justesse du principe et quel que soit leur désir de bien comprendre Gœthe, la plupart des lecteurs se voient contraints de désobéir à cette loi qui les oblige à prendre le bâton du touriste avant de commencer leur lecture. Un livre qui saurait nous faire accomplir ce voyage nécessaire sans que nous quittions notre logis serait donc un livre utile et sûr d'être bien accueilli par tous les amis de Gœthe.

Ce livre existe. Grâce à Eckermann[1], nous

[1] Cette étude devait être mise en tête des *Conversations*

pouvons tous, au coin de notre feu, faire pleine connaissance avec cette petite ville de Thuringe que Gœthe avait choisie pour seconde patrie; bien mieux, nous pouvons pénétrer dans la maison même du poète, la visiter à notre aise, nous asseoir à sa table, devenir son hôte, son compagnon de toutes les heures, parcourir les beaux jardins qu'il avait plantés et qu'il soignait de sa main, feuilleter avec lui les collections de dessins et de gravures qui lui étaient si chères, faire autour de Weimar toutes les promenades qu'il aimait, en un mot, partager son existence tout entière. La chronique patiente laissée par un fidèle apôtre nous fait assister, heure par heure, pendant près de dix ans, à la vie intime du dieu poétique de l'Allemagne. Nulle part il ne se laisse approcher de si près. — Pour bien apprécier la valeur

avec Eckermann; mais Sainte-Beuve ayant bien voulu écrire une lettre-préface, cette introduction devenait superflue. Elle fut alors publiée dans la *Revue Nationale*.

d'un pareil document, songeons de quel prix serait pour nous un journal des dernières années de Sophocle, de Shakspeare, de Dante ou de Molière! Ce qui nous manque pour ces grands hommes doit nous faire estimer à son prix ce que nous avons le bonheur de posséder pour Gœthe. L'homme excellent, au cœur si naïf, à l'esprit si candide, qui nous a laissé ces précieux souvenirs, n'est ni un Xénophon, ni même un Arrien; mais cependant il a su, dans son livre, tracer de Gœthe une image simple, nette et vive, bien supérieure à beaucoup de portraits plus ambitieux et plus vantés. Après avoir lu certaines descriptions transcendantales du génie de Gœthe, on éprouve un sentiment de bien-être à retrouver le modeste secrétaire; ses paroles ont toute la saveur de la réalité au sortir du rêve.

A la place de la créature surhumaine et incompréhensible dont nous parle souvent une critique douée d'une imagination trop inventive, nous trouvons ici un homme véritable, beaucoup plus grand que nous assurément, mais qui cependant est de notre race, et que nous comprenons sans peine. Ce n'est plus le marbre glacé d'une statue colossale qui paraît devant nos yeux, c'est un être de chair et de sang qui vit et qui palpite comme nous; c'est un vieillard doux et enjoué, dont les allures sont d'une simplicité extrême. On est tout heureux de voir que l'homme qui a écrit une merveille aussi étrange, aussi effrayante de génie que *Faust* était, malgré son œuvre diabolique, un homme excellent, qui n'avait rien de titanesque; s'il nous a tourmentés par ses poèmes, il nous repose de ses œuvres par sa vie; elle est douce et bienfaisante à contempler; ses habitudes paisibles nous rappellent par plus d'un détail les bonnes vieilles mœurs du temps passé, encore vivantes en Allemagne, mœurs familières qui nous font sourire en nous inspirant quelque regret. Malgré ses quatre-vingts ans, nous le voyons chaque jour, avec une assiduité et une régularité admirables, qui n'excluent pas l'ardeur juvénile, consacrer de longues heures à mille travaux divers, ayant tous pour but la recherche et l'éclaircissement des vérités les plus hautes et les plus utiles à notre temps. Dans les promenades à travers les champs, qui sont sa principale distraction, si ce « hautain panthéiste » arrête son attention sur une fleur, sur un oiseau, sur un beau coucher de soleil, aussitôt dans son esprit apparaît la pensée d'un créateur et d'une autre vie. La plus grande joie de cet « égoïste au cœur sec » est de s'entourer de ses petits-enfants, et leur société est une de celles qui lui donnent le plus de joie. Avec tous ceux qui l'entourent et qui tous l'adorent autant qu'ils le vénèrent, il se montre toujours aussi doux, aussi bienveillant, aussi facile. Nous le voyons traverser les crises les plus douloureuses de la vie; il perd un vieil ami de jeunesse, il perd un fils unique; dans ces terribles moments, que fait-il? Il fait comme font tous les meilleurs d'entre nous; il n'y a en lui ni faiblesse efféminée, ni fausse bravoure; ce « Jupiter » courbe humblement la tête et dit : « Que la volonté de Dieu soit faite! » cet « indifférent » va pleurer en silence dans la solitude, et, devant les siens, il cherche à sourire; pendant que son cœur se brise, il veut que son front reste serein; il travaille énergiquement, dans le secret de son âme, à réunir toutes ses forces pour franchir sans chanceler ce passage inévitable, et dès qu'il se sent plus fort, il s'écrie : « Allons! par-dessus les tombeaux, en avant! » *Und so, über græber, vorwærts*[1]!

Ce tableau de sa dernière vieillesse est peut-être à lui seul plus riche en vives leçons morales que le recueil entier de ses œuvres : il nous prouve la justesse du mot

[1] Lettre à Zelter, du 23 février 1831, quatre mois après la mort de son fils unique.

que Merk lui avait dit dès sa jeunesse : « Ce que tu fais vaut mieux que ce que tu écris! » Et il en devait être ainsi. Gœthe répétait sans cesse : « Le *progrès* intérieur, voilà le grand but de la vie. C'est dans le *perfectionnement* de soi-même que l'on trouve le bonheur suprême. » Il avait été le premier fidèle à ces maximes, et dans sa vieillesse, il put recueillir la récompense de ce persévérant travail qu'il avait laborieusement continué toute sa vie : il était parvenu alors à faire de lui-même un être aussi rapproché de la perfection que possible. En contemplant cette âme si admirablement sage, on se rappelle ce qu'il disait d'un autre grand poète contemporain : « Il semble que l'on ait devant les yeux un beau fruit dans sa pleine et parfaite maturité. » Respirons longtemps les parfums de ce fruit savoureux, et si, comme Schiller et comme tant d'autres, nous avons dit d'abord : « Je déteste Gœthe », comme Schiller aussi, nous nous repentirons peu à peu de notre jugement, et notre dernier mot sera aussi le sien : « Il y a peu d'hommes qui soient plus dignes de notre vénération et de notre amour[1]. »

Il semble d'ailleurs que ce soit en France surtout que Gœthe doive trouver un accueil sympathique. Non seulement Gœthe nous a toujours aimés, mais souvent il a souffert dans sa patrie à cause même de son affection pour nous. Il est un des rares écrivains allemands qui aient osé louer Napoléon; il avait compris que ce conquérant impitoyable était pour son pays, comme jadis Charlemagne, un ennemi civilisateur. — Au début et à la fin de sa carrière, il s'est fait pour ainsi dire notre compatriote littéraire. Il appelle ses premières comédies « des études d'après Molière[2] », et c'est Rousseau qui a inspiré son premier chef-d'œuvre. Nous ne connaîtrions pas l'amant de Charlotte, si Saint-Preux n'a-

[1] Lettre de Schiller à la comtesse Schimmelmann.

[2] Voir *Dichtung und Wahrheit.*

vait pas confié à l'Europe entière son amour pour Julie. Qu'est-ce que *Werther,* sinon la *Nouvelle Héloïse* condensée et réduite aux proportions du *Vicaire de Wakefield*? L'originalité de Gœthe, c'est d'avoir su être court, et d'avoir concilié dans une imitation de génie deux œuvres pour lesquelles il ressentait alors une égale admiration. Dans *Werther* sont venus se fondre et s'unir l'âme paisible de Goldsmith et le cœur tourmenté de Rousseau. — Plus tard, fidèle à ses goûts pour nos chefs-d'œuvre, Gœthe n'a pas dédaigné de se faire à plusieurs reprises le traducteur de Voltaire, de Diderot, et enfin, le dernier livre que sa main mourante ait feuilleté est un livre français[1]. Pendant la période finale de sa vie, voyant la littérature de son pays suivre une voie qu'il jugeait mauvaise, il préférait s'occuper soit de l'antiquité, soit de l'étranger et surtout de la France. Il est resté une preuve bien curieuse

[1] *Vingt mois ou la Révolution de 1830,* par M. de Salvandy.

de son dédain pour ses derniers contemporains. C'est par un journal *français* qu'il a appris quelles critiques le fameux Wolfgang Menzel dirigeait contre ses œuvres. Le 31 décembre 1829, il écrivait à Zelter : « Tu m'as « annoncé un jour l'existence d'un nommé « Menzel, qui, dans ses ouvrages, n'aurait « pas parlé de moi avec beaucoup de bien- « veillance. Jusqu'à présent, je ne savais « rien sur lui, car j'aurais beaucoup à faire « si je voulais m'occuper de la manière dont « on me juge, moi et mes travaux. Mais je « sais maintenant, par des nouvelles venues « du dehors, quelles sont les idées de ce cri- « tique. Le *Globe* du 7 novembre m'en a « donné un exposé clair. Il est doux de voir « combien s'agrandit peu à peu l'empire de « la littérature. Il n'est plus nécessaire de se « tourmenter des adversaires que nous ren- « controns dans notre pays; nos voisins se « chargent de nous défendre[1]. » Un autre

[1] Lettres à Zelter, t. V, p. 354.

jour, Gœthe a avoué son goût pour notre littérature en se servant de notre langue même. Dans une lettre écrite *en français* à David (d'Angers), nous trouvons ce passage doublement intéressant : « Je vous prie d'as-
« surer M. Emile Deschamps qu'il m'a fait
« un grand cadeau par sa préface[1], parce
« que, *très attentif à la marche de la litté-
« rature française nouvelle et renouvelée,* je
« fais mon profit de l'aperçu qu'il en pré-
« sente avec grande sagesse et modération,
« ce qui m'est d'autant plus facile que je
« trouve le contenu de son beau discours
« parfaitement en harmonie avec ma con-
« viction, qu'il éclaire et confirme encore... »

Si Gœthe s'est toujours senti attiré vers nous, c'est évidemment parce qu'il y avait dans son génie certaines analogies avec le génie français. Il a, en effet, inauguré dans la littérature allemande quelques-unes des qualités que l'on reconnaît comme les traits dis-

[1] Des *Etudes françaises et étrangères.*

tinctifs des œuvres françaises. Ce qui rend inimitables les écrits qui ont fait de lui un des grands créateurs de la langue de son pays, c'est un charme souriant d'harmonieuse limpidité. Quoique Allemand, il a été clair; quoique profond, il a été agréable. Il a, pour la première fois en Allemagne, rédigé des dissertations scientifiques qui ne se bornaient pas à être très riches d'idées, mais qui étaient remarquables aussi par l'art de la composition et par le soin du style. Enfin, et c'est là surtout ce que je veux constater ici, il avait reçu un don qui passe pour un don français par excellence, le don de la causerie. Une des célébrités les plus brillantes en ce genre de talent, Mme de Staël, a dit : « Gœthe est un homme d'un esprit prodi- « gieux en conversation... Quand on sait « le faire parler, il est admirable... Son élo- « quence est nourrie de pensées, sa plaisan- « terie est en même temps pleine de grâce « et de philosophie... Ce que l'on raconte

« de l'entretien de Diderot pourrait donner « quelque idée de celui de Gœthe... etc. » — C'est après sa visite de 1803 que Mme de Staël reconnaissait en Gœthe un causeur digne d'elle. En 1811, un autre voyageur français, qui, passant par Weimar, avait eu aussi le bonheur de s'entretenir avec Wieland et Gœthe, écrivait : « Ma conversation « avec M. Wieland n'avait eu que lui pour « objet...; elle n'était jamais sortie de ce « cercle; avec M. Gœthe, elle prit sur-le- « champ un vol plus élevé; il embrassa toute « la littérature allemande, passée et pré- « sente; il y marcha à pas de géant, pei- « gnant tout à grands traits, d'une manière « rapide, mais avec une touche si vigou- « reuse et des couleurs si vives, que je ne « pouvais assez m'étonner; il parla de ses « ouvrages peu et avec modestie, beaucoup « des chefs-d'œuvre en tout genre de la « France, des grands hommes qui l'avaient « honorée, du bonheur de sa langue, des

« beaux génies qui l'avaient maniée, des
« littérateurs présents, de leur caractère et
« de celui de leurs productions; enfin, j'étais
« un Français qui était allé pour rendre hom-
« mage au plus beau génie de l'Allemagne,
« et je m'aperçus bientôt que M. Gœthe me
« faisait en Allemagne les honneurs de la
« France. Il est impossible d'allier plus d'es-
« prit, plus de modestie, et de cette urba-
« nité qui jette sur la science un vernis si
« aimable. Je lui disais, en parlant de notre
« littérature, que nous nous étions enfermés
« dans des bornes étroites dont nous ne vou-
« lions pas sortir, que nous restions obsti-
« nément dans les mêmes routes, ce que ne
« faisaient point les autres peuples. Il me
« répondit avec une politesse infinie qu'il
« ne trouvait pas que les Français eussent
« de la répugnance à sortir de leurs routes,
« mais seulement qu'ils étaient plus circons-
« pects que leurs voisins lorsqu'il était ques-
« tion de s'en ouvrir de nouvelles. Son œil est

« plein de feu, mais d'un feu doux ; sa conver-
« sation riche et abondante ; son expression
« toujours pittoresque, et sa pensée rarement
« ordinaire[1]. » En 1817, une impression identique amenait presque les mêmes termes, nous l'avons vu, sous la plume de Cousin. Vers le même temps, le spirituel marquis de Custine, dans une lettre adressée à Rahel (Mme de Varnhagen), disait : « Enfin, j'ai vu votre
« Gœthe ! Et, pour la première fois de ma
« vie, j'ai senti qu'on peut s'arrêter devant un
« homme comme devant un monument, sans
« lui parler... Dans le premier moment, son
« apparition m'a inspiré le besoin de méditer
« plus que celui de causer... Il a soixante-
« quatre ans : son visage est encore superbe ;
« c'est, comme vous le dites, la tête de Jupiter
« ou plutôt d'Homère... Quand il s'anime, il
« pétille d'esprit, et quand il se laisse aller
« à sourire, il est plein de grâce... Quoique

[1] *Correspondance entre Gœthe et Reinhard*, p. 114. Lettre de M. Lefébure.

« sa dignité constante paraisse un peu raide, « il a de la simplicité... Rien de plus gra- « cieux que sa manière de s'entretenir avec « les personnes qui lui sont présentées; il a « par moments une ironie si fine et si déli- « cate qu'elle ne saurait blesser; il possède « au suprême degré le talent ou plutôt le « don d'intéresser à ce qu'il dit; sa per- « sonne, sa seule présence, son silence por- « tent à la méditation et font désirer ses « paroles; il réunit la chaleur au calme; il « se contient comme s'il avait peu de vie, et « cependant il sent comme un autre se pas- « sionne. C'est un homme supérieur au vul- « gaire et supérieur à lui-même[1]. »

Voilà de magnifiques témoignages. Ils rendaient en France la publication d'Eckermann bien difficile. Il fallait que les confidences qu'il avait recueillies justifiassent aujourd'hui cet enthousiasme. Elles ont fait mieux que le jus-

[1] *Denkwurdigkeiten von Varnhagen von Ense* (8e vol., p. 708).

tifier; elles l'ont fait partager aux meilleurs esprits, aux critiques les plus délicats et les plus autorisés : on a lu le jugement définitif de M. Sainte-Beuve. Eckermann ne pouvait cependant nous donner qu'un écho affaibli et mort pour ainsi dire de cette forte parole; mais cet écho est resté assez puissant pour dominer encore aujourd'hui les voix les plus hautes. Pourquoi? C'est que, dans ses épanchements de chaque jour avec ce jeune esprit qu'il voulait former, Gœthe a résumé peu à peu toute sa sagesse. Avec ces fragments, il est aisé de reconstituer un ensemble d'idées fortement jointes, formant une doctrine complète, car pendant ces neuf années d'entretien avec son « enfant », Gœthe a eu l'occasion d'exprimer toutes les convictions qui lui étaient chères, et qui formaient le fond de sa nature morale. Il lui a donné l'essence de sa vie et de son expérience. Toutes les vérités fondamentales qu'il a dispersées dans ses œuvres, en les revêtant de mille formes diverses, se trouvent réunies et résumées dans ces conversations intimes, où elles sont présentées de la façon la plus simple, la plus familière, et aussi la plus saisissante; car ici ce n'est plus l'*auteur* que nous lisons, c'est l'*homme* que nous écoutons, et, en apparaissant sous cette forme directe, ses idées prennent une vie toute nouvelle et une force de persuasion irrésistible. Persuadera-t-il cependant par ces causeries éloquentes tous les esprits sur lesquels il lui est donné d'exercer de l'influence? Oui, si ses pensées sont bien comprises, si l'on ne force nulle part, sans le vouloir, le sens de ses paroles. Plus d'une méprise est possible, facile même; il n'est donc peut-être pas inutile de donner, au moins sur les points les plus graves, quelques rapides éclaircissements.

Et d'abord, en entendant Gœthe afficher pour ainsi dire le dédain, le mépris même du peuple, et affirmer à plusieurs reprises que l'homme sage doit toujours se tenir *du côté de la minorité*, on serait tenté de déclarer l'esprit de Gœthe en contradiction flagrante avec l'esprit général du siècle, et l'on pourrait penser que déjà, sur la question sociale, qui nous préoccupe tant, nous ne pouvons aujourd'hui demander à sa vieillesse aucune lumière, aucun conseil. Croire à une pareille séparation entre lui et nous serait une grave erreur. Pour s'en convaincre, il n'est besoin que d'ouvrir un livre trop peu étudié, dont il est fait mention plusieurs fois dans les *Conversations*, et que Gœthe a rédigé avec l'aide même d'Eckermann; je veux parler des *Années de voyage de Wilhelm Meister*. Cet ouvrage, malgré son titre, ne peut être considéré comme un roman. *Wilhelm Meister*, lorsqu'il fut commencé, devait être simplement un tableau et un traité de l'art dramatique, un bréviaire du comédien; il devint insensiblement un traité de la vie humaine, un manuel de haute éducation virile, en un mot, un *Emile* allemand. Il faut le lire comme une espèce d'encyclopédie sociale, et y chercher, non pas une fable attachante, mais une série de dissertations, d'une forme très variée, sur l'organisation civile, sur l'éducation, sur les sciences, sur la religion, sur l'agriculture, sur le commerce, sur l'émigration, etc. Rivalisant avec Diderot, Gœthe se plaît, par exemple, à donner là une description des principales industries, et l'on n'est pas peu surpris de voir l'auteur de *Werther* exposer avec un soin minutieux les procédés de fabrication de la mousseline et de la cotonnade. Dans ce livre inachevé, si mal fait et si intéressant, Gœthe aborde avec sa tranquillité et sa hardiesse habituelles tous les grands problèmes que notre temps agite, ou plutôt qui agitent notre temps. Il ose tracer les lois de la société nouvelle encore à naître; il signe de son nom les articles primordiaux d'un code futur, en un mot, il écrit une utopie. Le nom de Gœthe, en effet, doit être ajouté à cette liste qui commence par Pythagore et Platon, et qui, recueillant en route tant d'illustres penseurs, s'est trouvée, dans nos jours de rénovation universelle, subitement accrue de tant de noms obscurs. Comme Fénelon, Gœthe a bâti une Salente, et cette construction idéale n'est pas l'œuvre irréfléchie du jeune homme sans expérience; elle est, au contraire, pour ainsi dire le travail suprême du vieillard.

Témoin et observateur très attentif de la Révolution française, Gœthe avait vu de très bonne heure que, considérée dans son essence, elle n'était qu'un essai violent de solution donné à deux problèmes capitaux : le problème de la propriété et le problème religieux. A l'examen de ces deux problèmes, il avait consacré de longues méditations, et c'est dans les *Années de voyage* qu'il a donné ses solutions, sous la forme allégorique et mystérieuse qu'il aimait à employer, peut-être pour éloigner de ses ouvrages les esprits superficiels, qu'il détestait.

Que l'on prenne la peine d'étudier cet ouvrage, aidé pour son intelligence par les *Conversations*, qui mettent çà et là d'importantes notes marginales, et l'on ne sera plus tenté de considérer Gœthe comme un esprit dédaigneux de la classe populaire et des questions qui l'intéressent. En même temps, on verra là une fois de plus se manifester l'originalité de ce caractère qui acceptait tout, mais pour tout transformer. Ainsi, dans cette société nouvelle dont il a esquissé les vagues contours, Gœthe déclare honorer et conserver la propriété; mais il cherche à changer les propriétaires en possesseurs-administrateurs. Il conserve le christianisme, « religion de la souffrance », mais il lui ôte ce qu'il a de trop sombre et de trop douloureux, et associe aux idées chrétiennes les idées des religions antiques et les idées de la philosophie, formant de ce triple mélange, très facile selon lui, une doctrine définitive et complète, où sont réunies et conciliées toutes les doctrines isolées qui ont tour à tour conduit une partie de l'humanité. Certes, il y a dans ces réformes une modération relative, mais on ne peut nier qu'il n'y ait aussi une grande hardiesse. Elles montrent que si Gœthe est un conservateur, il est le plus audacieux des conservateurs. Il n'a rien du révolutionnaire; entré à vingt-sept ans au pouvoir, il en a pris les idées et les habitudes; c'est un homme de gouvernement, et il ne fera jamais appel aux passions; il se défie du peuple; il n'a d'estime que pour le petit nombre; mais si c'est à la minorité éclairée qu'il veut parler, c'est pour lui faire les propositions les plus hardies. Il déteste le radicalisme, lui-même au fond n'est qu'un radical; seulement il est le plus patient et le plus désillusionné des radicaux.

C'est cette désillusion qui a été regardée à tort comme de la froideur et comme de l'indifférence. Je ne le nierai pas : tout en travaillant chaque jour pour les hommes,

Gœthe les prenait souvent en grande pitié, parce qu'il les voyait esclaves dociles de la routine, enlacés étroitement dans des institutions et des habitudes presque toutes fausses ou faussées. Il semble qu'il n'ait jamais pu, au fond de son âme, se résigner à voir que le genre humain ne se compose pas uniquement d'hommes de génie; c'est toujours avec un sentiment de tristesse satirique qu'il constate que le vulgaire est partout en majorité; la foule lui faisait peur : « Que le « peuple soit le juge, s'écrie-t-il, bientôt « Aristide... sera mis de côté... Il n'y a rien « de plus effrayant que l'ignorance agis- « sante!... Je n'ai rien contre la multitude, « mais si elle est embarrassée, soyez sûr que « pour chasser le diable elle appellera des « coquins et des tyrans[1]. »

Quant à la classe élevée au-dessus de toutes les autres par les titres ou par la richesse, et dont on lui a reproché d'avoir pris les

[1] *Pensées et Maximes, passim.*

goûts, voici quelle est sur elle son opinion, identique à celle de Byron : « Que trouve-t-on dans le grand monde? *La médiocrité.* »

Tout en croyant avec Leibnitz que l'Univers, considéré dans son ensemble, est aussi parfait qu'il lui était possible, il n'hésitait pas à affirmer que sur cette terre, fragment imperceptible, tout est souvent pour le plus mal ; aussi la loi du progrès n'était pas pour lui une loi fatale dans son accomplissement ici-bas; l'histoire lui avait montré d'immenses reculs, et il était trop ami de l'observation, il avait trop « la manie de la réalité », pour sacrifier un fait à un désir. Cependant il n'était nullement misanthrope et pessimiste : « Si tu ne peux être gai, du moins sois content... Il faut connaître le monde, mais ne point le mépriser... » telles sont ses conclusions.

Ce n'est pas avec cette résignation mélancolique qu'il était entré dans la vie. Longtemps son âme avait nourri d'heureuses erreurs qui donnaient à son caractère, alors moins réservé, une vivacité séduisante. Une suite de grands espoirs trompés l'avait amené à cette dernière sagesse, et l'avait forcé à se replier davantage sur lui-même. Et, en effet, pendant cette longue existence, que de déceptions de tout genre! que d'illusions fanées et mortes sous ses mains! Il avait été poète, poète célèbre, et il voyait toutes les idées poétiques qu'il croyait justes et fécondes combattues par une école nouvelle qui lui était souverainement antipathique, et qui, chaque jour, cependant, faisait partout des conquêtes. « Cette belle forêt que j'avais plantée dans ma jeunesse, qui faisait mes délices, on va l'abattre pour en faire du bois de chauffage! » C'était bien là, en réalité, l'usage auquel Novalis et ses amis destinaient la plupart des poésies de Gœthe, bien trop « pratiques » et trop « usuelles » pour ces jeunes et pâles romantiques d'Allemagne, esprits maladifs qui ne reconnaissaient la poésie que dans le rêve fantastique et illuminé. — Gœthe avait été aussi ministre; serviteur dévoué et laborieux de l'Etat, il avait cru qu'il suffisait de vouloir le bien pour l'accomplir, et il avait rencontré tout autour de lui tant d'obstacles insurmontables, tant de résistances intéressées, qu'il avait pris en dégoût son autorité et ses dignités. — Il avait accepté un jour avec joie la direction d'une scène, dans l'espérance de fonder un théâtre national, et là encore, après de longs efforts, il avait donné sa démission, avec un découragement complet. — Enfin, il avait étudié plusieurs sciences avec passion; il avait fait une foule d'observations et d'expériences ingénieuses, et même des découvertes importantes, et on ne voulait pas leur accorder l'honneur de les examiner. — Tous ces échecs si rudes ne lui avaient pas ôté son calme, mais ils avaient diminué sa première confiance trop naïve dans le développement facile des destinées de l'humanité. De ces épreuves, son âme était sortie attristée, mais plus grande. Elle dit adieu à l'action, et s'adonna tout entière à la contemplation, pour laquelle elle était vraiment née. Ne voulant pas se laisser gâter par l'amertume et par la colère qui bouillonnaient si souvent en elle, elle se servit de sa puissance sur elle-même pour prendre une douceur sereine qui donne à la vieillesse de Gœthe un charme infini. Ce que l'on a appelé « l'époque de l'indifférence » doit être appelé, d'un nom plus juste, l'époque de la résignation et de la bienveillance universelle. C'est alors, comme l'a si bien dit un éminent écrivain, « qu'il éleva la bonté à la hauteur d'une philosophie[1] ».

En voyant cette âme si fière, si audacieuse, qui esquissait jadis un *Prométhée* après avoir déjà conçu un *Faust*, s'amollir peu à peu, et les émotions religieuses, passant de l'esprit dans le cœur, apparaître en elle avec des nuances plus attendries, on a cru et on a dit

[1] Daniel Stern, *Pensées et Maximes*.

que Gœthe, sur la fin de sa vie, avait insensiblement abandonné son ami Spinoza, pour se réconcilier complètement avec le christianisme, et, souvent, c'est en s'appuyant sur quelques passages mêmes des *Conversations* avec Eckermann que l'on a soutenu cette opinion. C'est là une nouvelle méprise, d'autant plus grave qu'elle induit en erreur sur le développement intime de Gœthe. Ce qui rend cette nature si curieuse, si instructive, si séduisante à étudier, c'est l'harmonie et la fermeté de son développement. Il n'y a jamais eu d'esprit en même temps plus souple et plus inébranlable. En s'épanouissant avec une richesse admirable, en rayonnant dans tous les sens, en évoluant sans cesse dans sa croissance continue, il est toujours resté conséquent avec lui-même et fidèle à sa constitution primitive. — La vie morale de Gœthe, obéissant à des lois normales, ignore les oscillations brusques et les reculs inattendus. Il faut se représenter cette existence comme un fleuve puissant, roulant dans un lit toujours plus large et plus profond des eaux toujours plus calmes, et dont la couleur ne change que pour devenir plus pure. — Le lecteur qui ouvrira le livre d'Eckermann sans parti pris, sans désir secret d'attirer Gœthe du côté des idées qu'il aime, ne verra donc certainement rien dans ses discours qui ressemble à une palinodie, rien qui trahisse un violent panthéiste converti.

Mais, d'ailleurs, une fois pour toutes, avait-il donc à se convertir? Est-ce que sa raison, en dépit de ses apparences de sagesse et de modération, avait embrassé secrètement une doctrine philosophique pernicieuse ou impie qu'il lui fallait abjurer?... Un examen attentif prouve, bien au contraire, que l'esprit de Gœthe, dans sa maturité, n'a jamais accueilli les idées funestes qui lui sont attribuées; son « panthéisme » ne dépasse pas les limites les plus acceptables, car il n'a aimé de cette doctrine que les vérités qu'elle renferme; quant aux exagérations systématiques, aucun homme peut-être n'était moins disposé que lui à les adopter. Afin de le démontrer, je ne citerai pas ici tel ou tel passage de ses écrits; pour se rendre compte de la foi d'un penseur, il y a quelque chose qui vaut mieux que des phrases isolées, c'est l'ensemble de sa vie et surtout la nature de son caractère. Gœthe lui-même l'a dit : nous naissons tous avec un certain caractère, et, par suite, avec une certaine philosophie; l'une n'est que la conséquence de l'autre. Or, ce que la nature intime et les instincts innés de Gœthe repoussaient peut-être avec le plus d'énergie, c'est précisément le sentiment funeste qui est l'âme du mauvais panthéisme, sentiment par lequel l'homme se sent disposé assez facilement à sacrifier l'Individu au Tout, et à renoncer sans peine à son activité personnelle, pour la laisser se perdre et s'anéantir dans l'activité universelle, héritière sacrée de toutes les forces particulières. Gœthe, bien loin d'avoir ce goût de l'anéantissement, était, pour ainsi dire de naissance, un ardent défenseur des droits éternels de l'individu; chaque fois que le Moi apparaît dans ses écrits, c'est pour attester sa puissance, sa vitalité indestructible, son existence indépendante, à l'abri de toute mort définitive. Les malédictions si vives qu'il a lancées contre les idoles symboliques de l'Inde montrent d'une manière frappante l'éloignement instinctif, involontaire, « l'horreur » qu'il éprouvait pour toute doctrine qui considère l'univers comme une fermentation confuse d'éléments soumis, sous la loi du hasard, à un mélange éternel. Aucune conception ne pouvait blesser davantage cet esprit si ami de la règle et de l'ordre. Dans ce grand poème sur la Nature, qu'il voulait écrire comme l'a voulu aussi notre Chénier, le nouveau Lucrèce aurait certainement mêlé à ses peintures bien plutôt des rêves platoniciens que des invocations à Epicure. Si « chacun fait Dieu à son image », soyons sans crainte, le Dieu de Gœthe n'était pas une abstraction inerte, c'était un être d'une harmonie, d'une beauté et d'une activité incomparables.

Ce n'était pourtant pas le Dieu des chrétiens. Le christianisme était pour Gœthe un fait important de l'histoire du monde, ce n'était pas le fait capital. Il vénérait dans la doctrine du Christ d'admirables fragments de la vérité; mais il n'y voyait pas la vérité tout entière, parce qu'il y trouvait une partie négative qu'il repoussait. Si Gœthe, en effet, n'était pas assez panthéiste pour porter atteinte à l'inviolabilité éternelle de l'âme humaine, il l'était assez pour adorer la vie sous toutes ses formes, pour voir de la divinité non pas seulement dans l'âme humaine, mais partout où la vie apparaît, et par là il s'est séparé sans retour du christianisme. Quand il mettait dans la bouche de Wilhelm Meister ces beaux préceptes : « Que l'amour inspire tes travaux ; que l'action soit ta vie... De grandes pensées et un cœur pur, voilà ce que nos prières doivent demander à Dieu... », on peut dire, si l'on veut, qu'il se plaisait à commenter les plus belles pages de l'Evangile, mais on n'a pas, pour ce seul motif, le droit de faire de lui un chrétien. Toutes les lignes de cette *pyramide* à laquelle il a comparé un jour sa vie s'opposent à ce qu'on place au sommet une croix. Il faut le laisser ce qu'il était, c'est-à-dire l'ami, le frère de Schiller, qui avait écrit : « Par religion, je ne suis d'aucune religion. » — C'est dans ces paroles qu'il faut chercher sa conviction dernière, que, du reste, il ne cherchait nullement à cacher. Un an, jour pour jour, avant sa mort, le 22 mars 1831, voici ce qu'il confiait à son autre ami, Sulpice Boisserée, zélé catholique : « Aucun homme ne peut se défendre du sentiment religieux; dès qu'il l'éprouve, il ne peut l'éprouver seul, il cherche des prosélytes;

pour moi, si je n'en cherche pas, ce n'est pas une raison pour que je sois resté étranger au sentiment religieux, mais parmi les confessions qui se sont formées depuis la création du monde, *je n'en ai pas trouvé une seule que je puisse adopter pleinement.* Aujourd'hui, dans mes vieux jours, je viens de découvrir une secte nouvelle, jadis étouffée entre les païens, les juifs et les chrétiens : les *Hypsistariens*[1]. Ils déclaraient reconnaître, admirer, respecter tout ce que leur esprit concevait de meilleur et de plus parfait, et adorer ce qui, dans ces vertus et ces perfections, devait être en relation étroite avec la Divinité. C'est avec bonheur que j'ai vu briller cette lumière dans ces siècles obscurs, car je sens que, pendant toute ma vie, j'ai cherché à faire de moi un *Hypsistarien*. Ce n'est pas un travail facile; quels efforts, en effet, ne faut-il pas pour que notre individu

[1] De τὸ ὕψιστον. Dieu est appelé dans la Bible ὁ ὕψιστος, le *Très-Haut.*

si limité puisse parvenir à connaître et à contempler la perfection absolue! »

Gœthe n'avait donc pas trouvé dans le christianisme la religion qu'il cherchait; la cause en est sans doute dans l'amour profond qu'il ressentait pour la divine Nature; mais il y a encore une autre coupable, c'est l'antiquité, c'est la Grèce. Ecoutons ce dialogue significatif : « Qu'est-ce qui t'a éloigné de nous? — J'ai toujours lu Plutarque. — Qu'as-tu donc appris à cette lecture? — Que tous furent des hommes comme nous! » — Et ailleurs : « Lorsque nous nous plaçons en face de l'antiquité, et que nous la contemplons sérieusement avec l'intention de nous former sur elle, alors il nous semble sentir que c'est seulement à partir de ce moment que nous devenons des hommes. » — Le mot que Napoléon avait prononcé sur lui, Gœthe l'applique donc à son tour aux Grecs, et son dernier geste semble nous les montrer en nous disant : « Voilà des hommes! » — Si

Manzoni, dans une heure nouvelle de grande inspiration, avait voulu peindre aussi les derniers moments de cet autre dominateur du monde, ce n'est plus devant « l'opprobre du Golgotha » qu'il l'aurait représenté courbant la tête; Gœthe mourant n'a incliné son front que devant le génie radieux de la race hellénique; quoiqu'elle soit, elle aussi, « accoutumée aux triomphes », elle ne pouvait désirer une conquête plus belle et plus féconde. En faisant de l'âme de la Grèce l'âme de ses œuvres, Gœthe a conquis à cette race heureuse des peuples entiers de nouveaux disciples, et fait de l'esprit grec l'esprit européen. Le représentant le plus complet des temps nouveaux, celui dont les œuvres ont pu être appelées « l'Evangile d'une nouvelle civilisation », est en même temps le plus grec des poètes modernes. Ce double caractère du génie de Gœthe est un symbole et une preuve de l'union des temps et des races, du passé et de l'avenir, des traditions consacrées par l'histoire et des espérances rêvées par l'esprit. Il est aussi le présage de la réhabilitation définitive de l'antiquité, qui semble une des plus grandes et des plus nobles missions de notre siècle.

C'est dans ce commerce constant et affectueux avec les anciens que Gœthe a pris cette dignité qui rend sa physionomie littéraire si imposante. Ce type de l'homme moderne a en lui la gravité antique. Sa pensée, habituée à parcourir les civilisations les plus éloignées, les races les plus diverses, allant sans cesse d'une extrémité des temps à l'autre, s'est dépouillée ainsi de tous les préjugés qui rétrécissent notre esprit. Aucun regard n'a considéré les choses humaines sous un angle plus large. Cette puissance souveraine lui a donné le goût de la simplicité absolue. Quoiqu'il soit parfois raffiné et compliqué comme un Alexandrin, la naïveté reste un des grands caractères de son œuvre. Son esprit, qui a toutes les grandeurs, a toutes les familiarités. Il est dans l'ordre rationnel moderne ce que fut jadis Bossuet dans l'ordre théologique : le génie du bon sens profond. Son brillant rival, Schiller, qui a plus de flamme, a bien moins de lumière. Si nous voulons des illusions généreuses, si notre âme a besoin de secousses qui la poussent à l'action et à l'audace, lisons, déclamons les vers sonores de Schiller ; il nous entraînera peut-être à travers des précipices, mais toujours en avant et sur une sainte et noble route. Si, au contraire, nous voulons voir clair en toutes choses, nous rendre un compte exact de tout, n'être dupe de personne, ni des autres, ni de nous-mêmes, tout contempler sans voiles menteurs, pénétrer d'un regard perçant l'âme du monde ou l'âme d'une jeune fille, alors lisons, méditons les pensées de Gœthe. L'originalité si rare de cette créature complète, c'est d'avoir su étudier et peindre tous les sentiments les plus vagues et les plus insaisissables du cœur humain, en restant toujours avide d'idées précises et de faits positifs de tout genre. Quand Gœthe était en présence de la Nature, après l'heure de la rêverie poétique venait forcément pour lui l'heure de l'analyse scientifique. Il se laissait enivrer par le printemps et par les fleurs, tout en poursuivant les problèmes les plus ardus de la botanique. Après avoir célébré en grand poète les beautés de la lumière étincelante du ciel, il allait rédiger sa *Théorie des couleurs*. De son amour pour l'art de la peinture est sorti un traité d'*optique*. Comme tous les poètes, il aimait à contempler les paysages aériens que les nuages dessinent perpétuellement sur la toile infinie des cieux, mais, seul parmi les poètes, il cherchait les lois *physiques* de ces transformations pittoresques, et écrivait un *Essai sur la forme des nuages*. En un mot, toute émotion était chez lui le point de départ nécessaire d'une recherche intellectuelle. Dès que son regard, en s'arrêtant sur un objet, se sentait vivement frappé, il y restait obstinément attaché jusqu'à ce qu'il l'eût percé jusqu'au fond. C'est cette conscience, cette persévérance acharnée qui donnent à toutes les opinions de Gœthe tant d'autorité. Notre âge a peu de guides aussi sûrs. Contemporain de deux siècles, il a pris à chacun leurs meilleures qualités pour en faire les siennes propres. Il avait déjà trente ans et une grande célébrité quand mouraient Voltaire et Rousseau, qui ne le connaissaient pas, mais que lui savait par cœur; à quatre-vingts ans, ses mains, sans trembler encore, applaudissaient aux luttes de Cuvier et de Saint-Hilaire. Ce privilège d'une longue existence a été admirablement mis à profit. Indépendant et curieux de nouveautés comme le dix-huitième siècle, il a été prudent, conciliant et ami de la pratique comme le dix-neuvième; il a su tempérer avec mesure l'enthousiasme par l'ironie; il a prêché l'activité hardie et la résignation bienveillante. Cherchons à notre tour, en étudiant cette âme, à la faire pénétrer dans la nôtre, à lui ravir quelques-uns de ses inappréciables trésors; excités par son exemple, travaillons « sans hâte et sans repos » au progrès universel, en cherchant d'abord et avant tout à faire de nous des individus parfaits; marchons à la civilisation nouvelle par la beauté morale, et, en suivant sur sa trace lumineuse cette route qu'il serait si honteux de trouver pénible, nous pourrons peut-être saluer un jour cette terre promise de l'avenir qu'il a pressentie, qu'il n'a pas vue, et qui fuit toujours devant nos yeux.

III

Décidément, Gœthe s'acclimate dans notre pays. Après une hésitation qui a duré environ un demi-siècle, les lecteurs français semblent consentir enfin à pénétrer dans son essence intime l'écrivain universel en qui l'Allemagne aime à se contempler comme en un miroir qui l'embellit et que l'Europe reconnaît comme le successeur le plus légitime de Voltaire. Ce goût croissant de notre public a déjà donné naissance à plusieurs ouvrages excellents, parmi lesquels ira se placer l'étude si distinguée et si attrayante que M. Caro vient de publier[1]. Disons tout de suite que c'est l'œuvre d'un admirateur res-

[1] *La Philosophie de Gœthe*. Paris, Hachette, 1866, in-8°.

pectueux, mais d'un adversaire décidé. Par une coïncidence assez piquante, au même instant paraissait, signé du beau nom de Daniel Stern, un autre ouvrage où la philosophie de Gœthe est également exposée, pour être, non pas combattue, mais au contraire développée avec la plus éloquente sympathie. Nous sommes donc en ce moment les témoins d'un duel involontaire, duel à armes courtoises, et des deux côtés nous devons admirer la dextérité des combattants. Sans doute, du haut de cet Olympe, où l'on a si souvent prétendu qu'il habitait déjà de son vivant, le vieux Jupiter, qui a causé la lutte, sourit doucement ; il se donne le plaisir homérique d'écouter le choc sonore des armes artistement travaillées, et son âme si généreuse contemple d'un œil aussi serein le pieux disciple qui le glorifie et l'adversaire convaincu qui le condamne.

Noblesse et grandeur, voilà en effet deux traits qu'il est impossible de ne pas saluer dans cette imposante figure. M. Caro, bien loin de les méconnaître, excelle à les mettre en pleine lumière; mais, pour ce juge sévère, ce n'est pas assez que des doctrines soient élevées et grandioses, il faut qu'elles soient d'accord avec les traditions spiritualistes résumées dans la philosophie chrétienne, et, sur ce point, M. Caro a trouvé Gœthe en défaut. Il l'a interrogé sur les grands problèmes métaphysiques, et ses réponses lui ont semblé insuffisantes ou dangereuses. Après un examen attentif et bienveillant, il lui est apparu comme un des chefs du « naturalisme » contemporain, chef d'autant plus capable d'entraîner à sa suite des peuples de fidèles que son génie poétique éblouit, et empêche de distinguer nettement la fausseté des idées qu'il cache dans son rayonnement. M. Caro, on le sait, a entrepris l'analyse et la réfutation des doctrines antispiritualistes de notre temps; il rencontrait Gœthe sur son chemin, il n'a pas reculé. Il semble même qu'il ait éprouvé quelque jouissance secrète à se sentir en face d'un pareil héros, et il s'est lancé dans l'arène avec une verve guerrière qui lui a porté bonheur. Rarement son esprit brillant et fin a manié avec plus d'ingénieuse adresse le raisonnement métaphysique; rarement il a montré dans l'exposition des doctrines plus d'élégante clarté, dans leur réfutation plus d'énergie dialectique. Je ne sais si tous ses lecteurs accepteront les résultats auxquels il a été conduit; mais tous le remercieront d'avoir condensé en un volume qui se lit si facilement tant d'aperçus neufs et tant de faits instructifs.

Le plan du livre, par sa liberté même, se prêtait parfaitement au dessein de l'auteur, qui était de n'étudier que le cœur même de l'œuvre de Gœthe, mais d'y pénétrer par toutes les directions. Dans une première partie, M. Caro a fait ce qu'il appelle « l'histoire de l'esprit » de Gœthe. Il le montre avec la diversité féconde de ses goûts, dans la fermentation confuse de ses premières aspirations, allant tour à tour du piétisme à l'alchimie, lisant les hermétiques et la Bible, passant de Paracelse à Lavater, côtoyant l'illuminisme, attiré un instant par les frères Moraves, et enfin trouvant dans l'*Ethique* de Spinoza l'asile paisible, « le calme et la lumière » qu'il avait cherchés de tant de côtés. En disant : « Gœthe est de la famille de Spinoza plutôt que de son école », M. Caro a déterminé avec une justesse parfaite dans quelle mesure très limitée le poète se soumit à l'influence du géomètre. Gœthe, en effet, n'a jamais eu le moindre goût pour la spéculation pure, et sa répugnance instinctive pour les déductions abstraites ne lui permettait pas d'étudier à fond le philosophe même qu'il préférait. Il l'avouait lui-même, et écrivait franchement à Jacobi, en 1785 : « Je ne peux pas dire que j'aie jamais lu de suite tous les écrits de Spinoza, et mon esprit n'a jamais vu se dresser devant lui l'édifice entier de ses pensées... mais je crois le comprendre... et sa lecture est toujours salutaire à mon intelligence et à ma conduite. »

En même temps que Spinoza, une autre amie vint se placer auprès de Gœthe pour lui donner le repos intérieur qu'il cherchait avec passion; cette amie, ce fut la Nature. Guidé par Linné, Gœthe, dès sa première jeunesse, entretint un commerce assidu avec « la réalité vivante du monde », et de ses observations personnelles, prolongées avec la plus patiente persévérance, sortirent des vues générales, parfois nouvelles, qui constituent la base de sa philosophie. Il était donc indispensable que M. Caro exposât ses travaux scientifiques. Il l'a fait avec une lucidité rare. Laissant de côté les détails techniques, il a coordonné en un brillant tableau toutes les idées d'ensemble dispersées dans les *Traités* et dans les *Dissertations* scientifiques de Gœthe.

Ces idées une fois bien saisies à leur origine, il fallait les suivre dans l'œuvre poétique, où elles reparaissent sous mille parures variées. Ce nouvel examen forme la seconde moitié de l'ouvrage de M. Caro. Parmi les poèmes de Gœthe, il en est un qui les domine tous par sa renommée méritée, c'est *Faust*; M. Caro a consacré à *Faust* une étude régulière, où il a pu faire preuve de ses goûts littéraires, en même temps qu'il poursuivait son travail de dissection philosophique. Cette analyse de *Faust* est, à mon sens, un des morceaux les mieux réussis du livre, et elle fait vivement regretter l'absence d'une analyse analogue du *Wilhelm Meister*, dont l'importance est au moins égale.

Ce simple résumé suffit pour faire deviner que l'ouvrage offre la plus grande richesse de vues, et, par suite de cette qualité même, peut soulever une foule de discussions. Presque toujours, pour répondre à un volume de philosophie, il en faudrait écrire un autre. C'est ce que faisait volontiers l'ancienne critique. Aujourd'hui, nous procédons heureusement avec plus de brièveté. Je me contenterai donc de choisir quelques points importants sur lesquels je suis en désaccord avec M. Caro, et je lui soumettrai mes doutes. Toutes les autres remarques découleront naturellement et silencieusement de ces objections, que je présenterai sous la forme la plus concise.

Aux yeux de M. Caro, la philosophie de Gœthe est « le naturalisme pur et simple, débarrassé de toute idée transcendante » ; — « il n'y a pour lui de réel que la Nature, tout le reste est rêverie mystique ». — « Le monde visible est l'unique foyer de l'être et de la vie. » Au début comme en terminant, M. Caro regrette de trouver en Gœthe une grande intelligence déviée, « obsédée par la chimère de l'unité absolue », et il reprendrait volontiers la comparaison de Werner, qui considérait la tête de Gœthe « comme une immense coupole sans lanterne, et où le jour ne vient que par en bas[1] ». — Il n'y a jamais eu, dit-il, que deux grandes familles de philosophes; d'une part, ceux qui croient que la pensée divine, en tant que cause, est distincte de la série de ses effets; d'autre part, ceux qui croient que le monde porte en soi la raison de tous ses effets, et qu'il est inutile de recourir à un principe supérieur. Gœthe est rangé expressément dans la seconde classe, et le livre tout entier est écrit pour démontrer que, malgré de flottantes oscillations, là est sa vraie place. C'est déclarer en termes très nets que Gœthe n'acceptait pas la croyance en un Dieu conscient. Or, on le sait, si ce Dieu disparaît, l'immortalité consciente de l'âme s'évanouit nécessairement, car supprimer toute personnalité en Dieu, c'est rendre viagère celle que l'homme possède, et la punition du déicide, c'est d'être un suicide. Gœthe serait donc parmi les penseurs

[1] *Mémoires de Varnhagen*, 8e vol., p. 710.

qui nient l'âme substance active et Dieu conscient. Cette conclusion me paraît beaucoup trop affirmative, et je demande la permission de citer quelques textes précis qui semblent bien difficiles à concilier avec les négations dogmatiques présentées par M. Caro comme l'expression définitive de la pensée de Gœthe.

C'est à Gœthe seul qu'il appartient de défendre Gœthe, et je crois l'accusé en état de démontrer son innocence métaphysique. Cependant, sans des aveux décisifs cachés longtemps dans des lettres intimes, il pourrait peut-être rester suspect et « blâmé », car un trait de son caractère, c'était de ne parler et de n'écrire sur ces questions si hautes qu'avec la plus grande réserve et pour ainsi dire à la dernière extrémité. La raison de ce silence est déjà une apologie : il était discret avec l'infini. Qualité rare et commencement de preuve d'un grand respect et non d'un grand « orgueil ». De nombreuses anecdotes témoignent de cette habitude de son esprit. J'en citerai une seule. Un soir, il s'était laissé entraîner par son vieil ami le chancelier Müller à une conversation de ce genre; il s'interrompit brusquement, et mit fin tout à coup au dialogue en disant : « J'ai tort de parler; sur ces sujets, je ne cause qu'avec Dieu[1]. »

Pourquoi cette « appréhension[2] »? C'est que, pour Gœthe, les problèmes posés à l'homme par l'existence se partagent en deux classes : ceux que la raison peut espérer de résoudre, et qu'il faut creuser avec une infatigable ardeur; ceux qui resteront toujours inaccessibles et sur lesquels il ne faut pas perdre son temps. Il plaçait dans cette seconde classe la nature de Dieu et la nature de l'âme. Cette espèce de démission positiviste en face de l'absolu n'impliquait aucun

[1] Voir les souvenirs de Carus, publiés sous le titre de *Mnemosyne*.

[2] Expression d'une lettre à Jacobi, 1801.

dédain, et Gœthe n'est coupable ni de hauteur, ni de mépris, car s'il se reconnaissait impuissant à élucider ces problèmes pour la solution desquels il croyait manquer des éléments nécessaires, il sentait qu'ils s'imposent à notre réflexion, et qu'il faut, bon gré, mal gré, les résoudre. Aussi, pour se tirer de difficulté, il avait, comme il l'écrit ingénieusement à Zelter[1], « *changé le problème en postulatum* », et sur ces points, il *croyait*, au lieu de *savoir*. Que croyait-il? Nous touchons ici au cœur de la question, et je cite ses paroles mêmes en traduisant très littéralement :

« Une conviction s'impose à chacun de nous, c'est que, derrière la Nature, se cache pour ainsi dire un grand Etre qui produit, ordonne et dirige (*dass ein grosses, hervorbringendes, ordnendes und leitendes Wesen sich gleichsam hinter der Natur verberge*) ; c'est par la Nature qu'il se rend concevable à nous; si l'homme laisse parfois tomber cette conviction qui lui sert dans la vie

[1] 9 août 1828.

de fil sauveur, il peut immédiatement et partout le retrouver et le ressaisir[1]. »

Il me semble voir déjà dans ces paroles la reconnaissance la plus explicite d'un principe transcendant; le passage suivant d'une lettre à Zelter[2] affirme ensemble la Providence et l'immortalité. Zelter avait perdu son fils unique; Gœthe, après quelques paroles de consolation, ajoute :

« Le cercle des personnes qui nous entourent me paraît ressembler au volume des feuilles sybillines : chaque feuille est dévorée tour à tour par les flammes de la vie, et disparaît dans les airs; les feuilles épargnées deviennent de plus en plus précieuses. Pour nous, qui restons les derniers, agissons toujours, jusqu'à ce que nous soyons, tôt ou tard, appelés dans l'éther par l'Esprit du monde! Puisse alors Celui qui vit toujours (*Der ewig Lebendige*) ne pas nous refuser de nouvelles activités, analogues à celles où nous nous sommes déjà essayés! Qu'il ajoute paternellement

[1] Voir les *Mittheilungen* de Riemer, volume Ier, page 116. Berlin, 1841, in-12.

[2] 19 mars 1827.

(*Væterlich*) à ses dons le ressouvenir et le ressentiment (*Erinnerung und Nachgefühl*) du bien et du juste que nous avons voulu et accompli, et nous pénétrerons d'autant plus vite les rouages de la machine du monde. La monade entéléchique doit se maintenir dans une activité sans relâche; si cette activité devient une seconde nature, le mouvement et l'occupation ne lui feront pas défaut dans l'éternité. Pardonne-moi ces expressions abstruses; de tout temps, on s'est perdu dans ces régions, où la raison n'atteint pas, et où cependant on ne veut pas laisser régner la déraison ! »

L'être « caché derrière la nature » n'est donc pas cette Loi *indifférente* que le naturalisme pur conçoit comme le principe suprême, et devant laquelle il s'incline avec le sentiment décrit par Lucrèce : *Voluptas atque horror;* c'est un être *paternel*; Gœthe, en le contemplant par la pensée, ressent l'émotion affectueuse et paisible que ressentait Leibnitz. Il s'abstient de toute définition, car il n'en est aucune qui ne suscite la contradiction;

sa théodicée est faite de silence et de respect; sans cesse, il a présent à l'esprit l'utile avertissement : « L'homme ne saura jamais à quel point il est anthropomorphiste[1] », et il croirait impie de prêter à Dieu une personnalité qui ait la moindre ressemblance avec la nôtre, si mesquine, si incomplète; *c'est là ce que lui a appris Spinoza;* cependant, il ne conçoit pas Dieu dépourvu d'une conscience réelle, quoique inconnue, puisqu'il lui impose des obligations. Le monde n'est donc pas pour lui un mélange plus ou moins régulier dû à la rencontre momentanée d'éléments indestructibles ; c'est une hiérarchie infinie de forces actives en métamorphose éternelle. Au cœur de cet ensemble réside une force vivifiée par l'amour; le rapport qui nous unit à cette force constitue la Religion, définie ainsi par Gœthe :

« La Religion n'est pas une soumission servile à un principe absolu; c'est au contraire une re-

[1] *Pensées*, 3e partie.

connaissance ingénue, une crainte respectueuse pour un Dieu créateur et père, et par suite un abandon confiant en lui..... Dans notre cœur palpite la Piété, pur sentiment de gratitude par lequel nous nous sentons prêts à nous donner tout entiers à un Etre supérieur, saint, inconnu, qui ne se révèle à nous qu'en s'appelant Celui qui restera éternellement innommé. »

Les actes de Gœthe répondaient à ces pensées. Un jour, il fut orateur populaire. Le 24 février 1784, il inaugurait les mines d'Ilmenau, et il prononça un discours devant des ouvriers mineurs : il le termina en les invitant à se rendre avec lui à l'église, et à « *prier* pour que le métal extrait par eux du sein de la terre ne fût jamais employé qu'à des œuvres honorant Dieu et servant les hommes ».

En des circonstances bien solennelles pour lui, à la mort de Schiller et à la mort de Wieland, il écrivit deux éloges funèbres : dans l'un et dans l'autre, Gœthe se plaît à rappeler les destinées nouvelles offertes par la mort à l'âme pure, et il commente sa maxime : « L'homme ne serait pas la créature la plus noble de la terre, s'il n'était pas trop noble pour elle. » La lettre à la comtesse de Stolberg est bien connue, je ne peux cependant me dispenser de la citer ici. On sait dans quelles circonstances elle fut envoyée. La pieuse comtesse était persuadée que Gœthe était devenu un impie, un spinoziste athée; effrayée de son avenir dans l'éternité, elle lui écrivit, après un silence de *quarante* ans, pour le supplier de revenir à la foi chrétienne. Gœthe calma ainsi les inquiétudes de l'excellente dame, qu'il aimait beaucoup, sans l'avoir jamais vue :

« J'ai été bien ému et bien heureux en apercevant de nouveau l'écriture de cette amie si connue de mon cœur, restée inconnue à mes yeux, et qui m'a conservé un attachement si fidèle. Cependant, j'hésite et je ne sais comment je dois répondre. Nous ne connaissons plus exactement le milieu qui nous entoure tous deux : pardonnez-moi donc si je reste dans des considérations générales.

« Longtemps vivre, c'est beaucoup survivre; les amis, les ennemis, les indifférents, les royaumes, les villes, les bois même et les arbres que nous avons semés et plantés quand nous étions jeunes, tout disparaît. Nous nous survivons à nous-mêmes, et nous sommes très reconnaissants, si nous gardons à la fin quelques-uns des dons de l'esprit et du corps. Il faut que nous acceptions cet évanouissement universel; si nous avons toujours devant lès yeux ce qui est éternel, l'éphémère des choses ne nous touchera pas. Pendant toute ma vie, j'ai toujours été loyal avec moi-même et avec autrui; tous mes actes terrestres ont toujours tendu vers ce que je concevais de plus élevé. Vous et les vôtres, c'est aussi de cette façon que vous avez agi. Continuons chacun de notre côté tant qu'il fait jour... et soyons sans crainte sur l'avenir! Il y a beaucoup de provinces dans le royaume de notre Père, et puisque sur cette terre il nous avait préparé un séjour si aimable, il nous donnera aussi là-haut à tous deux une demeure semblable; peut-être alors pourrons-nous, ce qui nous a été refusé jusqu'à présent, nous voir face à face, et nous en aimer encore plus profondément. Conservez-moi donc un tranquille et confiant souvenir.

— « J'ai écrit les lignes précédentes peu de temps après avoir reçu votre chère lettre; je n'avais pas osé vous les envoyer, parce que j'ai autrefois, par des pensées analogues, blessé contre ma volonté vos dignes et excellents frères. Mais je viens d'échapper à une maladie mortelle; je rentre de nouveau dans l'existence, et je veux que cette feuille parte pour qu'elle vous dise directement que Celui qui dirige tout a daigné encore me laisser contempler la belle lumière de son soleil. Que le jour brille également pour vous d'un doux éclat; pensez à moi avec affection et bienveillance, comme je pense moi-même toujours à ces temps où agissaient d'un commun accord ce qui plus tard s'est séparé[1]. Puisse un jour tout se réunir dans les bras de Celui qui aime tout! »

Certains enthousiasmes de Gœthe sont également bien significatifs : il appelait les *Idées* de Herder son « *Evangile bien-aimé* », et certes la philosophie qu'elles exposent ne

[1] Allusion à sa liaison si intime avec la famille Stolberg.

peut être assimilée au naturalisme; et enfin, n'a-t-il pas écrit : « *Notre père* est une belle prière qui console et fortifie dans toutes les douleurs. » — S'il n'avait cru ni à la Providence, ni à l'immortalité, il n'aurait pas tracé ces deux lignes, car il l'a dit avec une juste fierté : « Jamais je n'ai sali mon visage en y posant le masque misérable de l'hypocrisie. » — Ses paroles n'ont donc aucun sens caché, aucune signification détournée dont l'interprétation soit réservée aux adeptes; elles sont simplement l'expression des convictions très limpides d'un homme dont l'originalité consiste à avoir su laisser jouer en pleine liberté tous les ressorts de son âme, sans en comprimer aucun, donnant ainsi l'exemple d'un retour à l'instinct primitif par la direction la plus savante de la réflexion.

En présence de professions de foi qui semblent si nettes, et qu'il serait extrêmement facile de multiplier, d'où vient donc la possibilité d'une discussion sur les croyances religieuses de Gœthe? Deux raisons principales font comprendre les doutes qui se sont élevés : la façon particulière dont il entendait la piété, et l'importance donnée par lui à la philosophie de la nature. Gœthe a toujours appliqué la maxime de Spinoza : « La chose du monde à laquelle un homme libre pense le moins, c'est la mort, et la sagesse n'est point la méditation de la mort, mais de la vie[1]. » Il détestait les élans vagues vers l'autre monde, et cette disposition peut être facilement prise pour de l'irréligion. Elle a un tout autre motif : « J'ai pour article de foi, écrivait-il à Knebel[2], que c'est en ne cherchant pas à franchir avec précipitation les limites de notre état actuel que nous pourrons nous élever à un état supérieur, soit pendant notre vie elle-même, soit au delà pendant l'éternité. » — Sa piété n'était

[1] *Ethique*, 4e partie. Prop. 67.

[2] 3 décembre 1781.

donc pas la piété habituelle. Il l'a caractérisée lui-même en disant : « Il ne faut pas faire de la piété le *but* de la vie : elle n'est qu'un *moyen*. C'est un calmant qui, une fois en nous, nous permet de nous livrer sans inquiétude à notre perfectionnement. »

Ce perfectionnement, qui est notre loi suprême, dépend surtout, selon Gœthe, d'une connaissance de plus en plus précise de deux ordres de lois : les lois morales applicables à l'homme, et les lois physiques applicables à ceux des phénomènes terrestres qui sont soumis à notre observation directe.

L'étude de la nature étant pour lui une vraie théologie, on comprend sa colère si vive contre Jacobi, qui disait, dans son entêtement idéaliste : « La nature me cache Dieu. » Cette proposition semblait à Gœthe une sottise doublée d'une impiété. C'était dire : la statue me cache le sculpteur; pour admirer Phidias, il faut tourner le dos au Jupiter Olympien ; pour comprendre Beethoven, il faut avant tout éviter de l'entendre. — Le monde, en effet, n'est-il pas l'œuvre d'art par excellence, puisque c'est *Deus additus naturæ*, et non plus *Homo additus naturæ*, comme l'a dit Bacon. Dans le dialogue incessant que Gœthe entretenait avec la nature, il considérait la voix qui lui répondait comme une des voix de la Divinité[1]. Il se sentait ainsi perpétuellement en sa présence, et on peut affirmer que peu d'existences furent plus religieuses. C'est avec raison qu'il se comparait à un moine dans sa cellule; mais ce moine n'était pas celui de l'*Imitation* : au lieu de contempler la mort et le ciel inaccessible, il contemplait la vie et la terre que ses pieds touchaient. Toute doctrine qui, semblable à celle de Jacobi, trai-

[1] « *Gewiss, es ist keine schœnere Gottes Verehrung, als die zu der man kein Bild bedarf, die bloss aus dem Wechselgespræch mit der Natur in unserm Busem entspringt.* — Certes, il n'y a pas de plus belle manière d'honorer Dieu que celle pour laquelle on n'a pas besoin d'une représentation sensible, et qui naît en nous simplement d'un entretien partagé avec la Nature. »

tait de haut la nature, et substituait des abstractions de fantaisie aux arrêts souverains de la réalité, l'irritait profondément, et, impatienté, il écrivait alors :

« Celui qui ne veut pas comprendre que l'esprit et la matière, l'âme et le corps, la pensée et l'étendue, ou, comme le dit un Français, la Volonté et le Mouvement, ont été, sont et seront deux éléments également nécessaires de l'Univers, ont les mêmes droits et doivent par conséquent être considérés tous deux comme des *représentants* de Dieu, celui-là ferait mieux de ne plus s'occuper de philosophie, et de se borner à répéter les lieux communs qui ont cours dans le monde. »

Et ailleurs :

« Tous les phénomènes s'expliquent par le jeu de deux ressorts : la *Polarité*, mouvement perpétuel d'attraction et de répulsion entre les molécules de la matière, et la Tendance constante à l'*ascension (Steigerung)*, mouvement qui est pour ainsi dire l'âme de la matière. »

C'est en lisant des fragments de ce genre que certains critiques ont été entraînés à classer Gœthe parmi les panthéistes ou même les matérialistes; mais ils oubliaient que ces propositions sont des propositions de *philosophie naturelle*, et le tort grave est de leur donner une portée qu'elles n'ont jamais eue dans la pensée de Gœthe. On laisse de côté sa grande parole : « Le monde moral est un *second Univers*[1] », et on transporte sans précaution suffisante les principes de l'un à l'autre Univers. Gœthe, dès lors, devient un législateur hautain et superbe, quand au contraire il était le plus réservé des penseurs, dès que l'observation n'était pas immédiate. Plus il était préoccupé des mystères humains, plus il s'était

[1] M. Caro a également laissé de côté, dans une de ces citations, un membre de phrase que je suis forcé de rétablir ici. Gœthe n'a pas seulement écrit à Jacobi, ainsi que je le lis à la page 205 du volume de M. Caro : « Comme poète et comme artiste, je suis polythéiste; comme naturaliste, je suis panthéiste. » Il a ajouté : « *Si, comme personne morale, j'ai besoin d'un Dieu, de ce côté-là aussi je suis pourvu. — Bedarf ich eines Gottes fur meine Persœnlichkeit als sittlicher Mensch, so ist es dafür auch schon gesorgt.* »

senti le besoin de se prescrire une limite sévère; ne voulant pas devenir un Swedenborg ou un Lavater, il serrait vigoureusement le frein intérieur, car il avait été un instant séduit; il conservait même de l'indulgence pour l'astrologie, la magie et la cabale, et sentant en lui ce ressort, cette poulie folle disposée à se mettre en action, il était toujours sur ses gardes. Aussi, en métaphysique, il a poussé la modestie jusqu'à l'abstention. Sa doctrine sur tout ce qui dépasse notre horizon peut prendre pour symbole le commentaire qu'il a donné à la cinquième parole orphique : il se compose de points suspensifs placés au-dessous du mot *Espérance*. Il n'a pas eu de métaphysique, ou plutôt il a eu celle de Kant, qui conclut à l'impossibilité d'une certitude scientifique. M. Caro n'a pas cru devoir tenir compte de la confidence de Gœthe, disant : « Kant est le plus grand philosophe du temps... Il a rendu le très grand service de bien marquer le point jusqu'où l'esprit peut s'avancer, montrant ainsi les problèmes insolubles qu'il faut laisser de côté. » Pour moi, cette indication est capitale; elle est d'ailleurs d'accord avec l'appréciation de Schiller qui pensait que « Gœthe avait en lui ce que Kant enseignait ». Plus tard, en 1821, Gœthe donnait une forme non moins claire à son adhésion, quand il disait à Riemer, à propos de ses *Urworte* : « Je crois que les vérités les plus hautes ne doivent être exprimées qu'en vers; en effet, comme elles exigent l'énoncé de contradictions, la prose les fait paraître absurdes. » Il transformait ainsi la métaphysique en poésie de la réflexion. C'était en même temps la couronner et la faire abdiquer. Il aurait pu, comme notre Montaigne, inscrire sur la maîtresse poutre de sa « librairie » : *Je ne comprends pas.*

Gœthe reconnaissait donc comme une nécessité inévitable de notre nature l'ignorance absolue des premiers principes, et considérait comme notre premier devoir d'accepter de bonne grâce cette espèce d'emprisonnement momentané de l'intelligence dans le cercle étroit de l'humanité, mais sa résignation réfléchie n'était pas sans douleur secrète, sans larme cachée; le fond de son âme s'est montré un jour par cette pensée : « Celui qui n'est pas préparé au désespoir n'est pas prêt pour la vie. » On connaît les strophes célèbres du *Wilhelm Meister*, où s'exhale un gémissement si douloureux :

« Celui qui n'a jamais mouillé son pain de larmes, et qui n'a jamais passé des nuits à pleurer, assis sur son lit, celui-là ne vous connaît pas, ô Célestes Puissances!... C'est Vous qui nous lancez dans la vie, c'est Vous qui nous laissez devenir de pauvres coupables, et puis Vous nous abandonnez ensuite à la peine, car sur la terre toute faute se venge!... »

Dans ces plaintes désolées, il y a tout Pascal, avec cette différence que Gœthe étouffe sa plainte et la réduit à un soupir mélancolique passager, tandis que Pascal l'exagère jusqu'à la transformer en cri déchirant. L'un fait tout ce qu'il peut pour démontrer que l'existence terrestre est une harmonie incomplète qui, malgré ses lacunes immenses, a un charme infini; l'autre met le plus souvent toute sa passion à établir que l'homme n'est rien, absolument rien que « misères et mort ». L'un est profondément chrétien, l'autre profondément humain.

Si Gœthe en métaphysique a fui tout dogmatisme[1], il a en revanche développé avec la

[1] J'en trouve encore une preuve dans la petite satire *Les Sages et la foule*, citée par M. Caro lui-même. Les philosophes de tous les temps sont réunis. Aussitôt la foule accourt, et s'imaginant, comme le Wagner du *Faust*, que pour la philosophie il n'est pas de secret, elle vient demander le mot de toutes les énigmes de la vie. L'assemblée des sages renvoie cette foule impertinente en se moquant d'elle, et en lui faisant comprendre que la première de toutes les vertus, c'est de *ne pas questionner sottement*. — Gœthe, comme Voltaire, a criblé la métaphysique d'épigrammes. Bien loin de vouloir, comme le lui reproche M. Caro, « s'égaler à l'universalité des choses », toute tentative de ce genre était l'objet de ses railleries. Il mérite

plus grande clarté une philosophie naturelle et une morale. Sa philosophie naturelle, qui repose sur *la métamorphose*, a fait ses preuves; la science contemporaine marche dans la direction qu'elle a indiquée, et on peut dire que l'avenir lui appartient[1]. — Quant à sa morale, individuelle, sociale, religieuse, c'est elle qui donne à son génie cette influence sans cesse grandissante sur les esprits. — Depuis la Renaissance s'accomplit en Europe une révolution d'idées complète. Nous assistons chaque jour à des manifestations plus ou moins sérieuses de cette nouvelle conception des

bien plutôt d'être classé parmi ceux des *agnostiques* qui s'inclinent devant l'*Inconnaissable*.

[1] Tout en protégeant ouvertement Geoffroy Saint-Hilaire, il n'a jamais été injuste pour Cuvier, car il a écrit : « Les deux partis me font l'effet de deux troupes de mineurs qui creuseraient, les uns à l'extérieur, les autres à l'intérieur; s'ils sont habiles, ils devront se rencontrer à moitié route. » (Riemer, *Mittheilungen*, 2,680.) De même pour les causes finales. Il les trouvait stérilisantes pour la science, où elles arrêtent souvent la recherche, mais il reconnaissait au sentiment le droit de les accepter. — Ses jugements ont toujours une modération pénétrante qui désarme la critique.

choses, sentie par tous. Le premier homme de génie qui ait pleinement réussi à faire de cette conception l'âme de ses œuvres, c'est Gœthe; voilà pourquoi il est le *representative man*, le représentant du siècle. Tout grand homme n'écrit et n'agit que pour développer deux ou trois idées; or, les deux ou trois idées mères qui circulent à travers tout l'œuvre de Gœthe sont celles-là mêmes qui vivent au cœur de notre siècle. Il a été la première incarnation splendide et pure de l'esprit paisible qui succède au génie craintif du moyen âge. Les temps modernes ont enfin trouvé en lui une expression parfaite. Il a vécu la vie nouvelle, qui n'est plus un drame tragique, mais une épopée sereine. Le rythme régulier de la contemplation confiante remplace les frissons convulsifs de la fièvre ascétique. *Redeunt Saturnia regna*. Grâce à leur inspiration nouvelle, ses œuvres, comme le remarque Emerson, exhalent une « délicieuse douceur ». Il est le seul poète qui laisse parfois la même impression qu'Homère. Il nous rend à la fois plus forts et plus calmes. Ce double caractère de sa morale se reflète très nettement dans les sympathies qu'il a proclamées. Sur la liste des écrivains qui l'ont aidé peu à peu à former sa doctrine, on trouve côte à côte Goldsmith et Benvenuto Cellini, Linné et Shakspeare, Sterne, Diderot, Spinoza. Ce groupe peut sembler bizarre; il est très harmonique et a un sens très clair. Ce qu'il devait à Goldsmith et à Sterne, Gœthe l'a expliqué lui-même : « La haute et bienveillante ironie, l'équité universelle, la mansuétude en face de toutes les contradictions, l'égalité d'âme au sein de tous les changements, voilà les enseignements que j'ai reçus d'eux, et ces vertus, en somme, ne sont-elles pas celles qui nous font toujours retrouver le bon chemin au milieu des sentiers croisés de la vie[1]. »

Benvenuto, Diderot et Shakspeare lui ap-

[1] Lettre à Zelter, 1829.

portaient d'autres leçons non moins nécessaires en lui donnant le spectacle fécond de la vie débordante, de l'énergie humaine dans son développement le plus abandonné et le plus franc, dans l'ardeur irrésistible de sa spontanéité. Ainsi que Mérimée, il aimait à étudier les mouvements un peu désordonnés de certaines créatures tumultueuses, comme on assiste avec plaisir à la manifestation, même un peu dangereuse, de phénomènes naturels.

Le trait commun aux deux groupes de ses inspirateurs, la joie et l'activité, venait se justifier et se formuler en loi chez Spinoza, qui a dit : « A mesure que nous éprouvons une joie plus grande, nous passons à une plus grande perfection, et nous participons davantage de la nature divine... Plus une chose a de perfection, plus elle agit[1]. » Le doux et sage Linné, enfin, faisait à son tour écho à toutes ces voix en résumant la loi morale de

[1] *Ethique*, 5e partie. Prop. 40.

l'homme par ces mots : *Benefac ac lœtare*[1]. « Fais le bien et tiens-toi en joie. »

L'amour passionné de l'art inspirait à Gœthe cette autre règle de vie : « Il nous faut, tous les jours, entendre un peu de musique, lire quelque bonne poésie, regarder un excellent tableau (et, si l'occasion se présente, dire aussi quelques paroles réfléchies)... Sinon, nous tomberons bien vite dans la vulgarité, à laquelle nous sommes si aisément enclins... Notre faculté de comprendre le beau et d'y être sensible s'émousse si facilement qu'il nous faut la défendre et la conserver par tous les moyens. C'est seulement faute d'un commerce habituel avec ce qui est bon que tant d'hommes, dès qu'il y a pour eux l'attrait de la nouveauté, sont entraînés à trouver du plaisir dans la niaiserie et la laideur !... »

On doit voir maintenant quelles étaient

[1] *Systema naturæ*. Préliminaires.

les sources de cette activité tranquille et bienfaisante, de ce stoïcisme souriant et grave, de cette impartialité universelle[1] dont Gœthe est le héraut parmi nous, et dont il a donné les préceptes surtout pendant la

[1] Il n'était nullement hostile à l'Evangile, mais il y distinguait la prédication de deux cultes différents : le culte de l'élévation morale, représenté par la *Vie du Christ*, et le culte de la douleur, représenté par la *Passion*. Selon lui, le second culte, qui aurait dû être réservé exclusivement pour les heures passagères où l'on souffre, était devenu à tort le plus important, et avait supplanté le premier, le seul qui fût normal. Là comme partout, il échappait à la négation par l'analyse. Voir sur ce sujet les *Mystères*, où la croix est adorée, mais entourée de roses épanouies, et les *Années de voyage*, où Gœthe a exposé sa théorie des religions. Quant à sa doctrine sur l'immortalité, elle est résumée par cette pensée : « *In der Gestalt, vie der Mensch die Erde verlæst, wandelt er unter den Schatten.* — L'homme entre chez les Ombres tel qu'il s'est formé pendant son séjour sur la terre. » Il n'était donc nullement de ces *aristocrates*, comme le prétend ironiquement M. Caro, « qui ne voient pas pourquoi un sauvage serait immortel (p. 198) ». Il pensait simplement que nous renaissons dans la vie future avec les facultés et les qualités morales que nous avons su conquérir pendant notre existence, doctrine qui établit une hiérarchie sans établir aucune exclusion « aristocratique », car Gœthe a dit ailleurs : « *Der geringste Mensch kann complet sein.* — L'être humain le plus humble peut être une créature complète. »

seconde moitié de sa vie. Dans l'intéressant portrait moral qu'il a tracé, M. Caro semble parfois s'être placé à une époque un peu prématurée pour étudier son modèle[1]. Il a cueilli le fruit un peu vert, l'a trouvé amer, et l'a rejeté. Gœthe pourtant a dit lui-même que ses idées n'avaient été complètement fixées que vers le milieu de sa vie.

Lichtenberg a écrit un jour : « La philosophie de l'avenir sera un spinozisme purifié. » J'aurais voulu que M. Caro s'inspirât dans une certaine mesure de cette maxime et

[1] Entraîné par M. Wilm, M. Caro a donné, par exemple, au *Prométhée* une importance qui me paraît excessive. Ce poème est une des premières « peaux de serpent » laissées par Gœthe sur le chemin de sa pensée. Le *Second Faust* est non pas « l'épanouissement », mais le redressement du *Prométhée*, de même que *Wilhelm Meister* corrige *Werther*. Dans l'œuvre de Gœthe, on doit soigneusement distinguer entre les écrits où il a raconté avec une fidélité admirable des maladies, des accès de fièvre, et ceux où il a donné sa doctrine sur la vie régulière et véritable. Les premiers, qui datent de sa jeunesse, sont les plus dramatiques, les plus entraînants, mais les seconds, qui nous semblent souvent trop calmes ou même obscurs, sont les plus riches pour l'étude philosophique.

montrât la philosophie de Gœthe comme un partage raisonnable, un traité de paix plein de sagesse et de bon sens entre les légitimes aspirations panthéistiques de notre âge et les meilleures traditions du spiritualisme, ou, si l'on aime mieux ce mot, de l'idéalisme. Le traité de paix signé pour notre génération par ce souverain des intelligences marque, honorablement pour chaque doctrine, son domaine spécial. Cette interprétation me paraît la plus digne du génie qui s'est défini lui-même comme essentiellement conciliant[1] et qui n'a jamais été, comme l'affirme M. Caro, « obsédé de la chimère de l'unité absolue ». Gœthe n'a jamais été *obsédé* par une idée métaphysique, quelle qu'elle fût : libre de toute attache dogmatique, il a aban-

[1] « *Ich bin nicht zum tragischen Dichter geboren, da meine Natur conciliant ist.* — Je ne suis pas né pour être poète tragique, car ma nature est *conciliante.* » Et il ajoute ce mot qui résume si bien son caractère : « *Das unversœhnliche kommt mir ganz absurd vor.* — Tout ce qui a un caractère implacable me paraît tout à fait absurde. »

donné, il est vrai, une portion négative et surannée de l'ancien déisme, si souvent étroit et mesquin, mais sans se faire pour cela le disciple du nouveau panthéisme, lui-même très insuffisant par suite de son trop sublime dédain pour les instincts et les désirs les plus inséparables de la nature humaine, que Gœthe a toujours respectés.

Si donc l'éclectisme prudent et modeste du sage de Weimar a une nuance panthéistique, cette nuance n'est jamais exclusive. Le faire du même coup philosophe un peu malgré lui[1], et métaphysicien spinoziste tout à fait contre sa volonté, c'est en même temps, selon nous, manquer d'exactitude et d'habileté. Il faut au contraire garder précieusement Gœthe pour allié. Quand même on devrait, pour le laisser

[1] « *Von der Philosophie habe ich mich selbst immer frei erhalten; der Standpunkt der gesunden Menschenverstandes (der nach Schubart, ausserhalb der Philosophie liegt) war auch der meinige.* — Je me suis toujours maintenu dégagé de la Philosophie; le point de vue du bon sens humain a été le mien (et Schubart a dit qu'il était en dehors du domaine de la Philosophie). »

entrer dans le temple, élargir un peu la porte et abattre quelques vieilles murailles, ce sacrifice douteux serait amplement compensé par des bénéfices certains. Faut-il en indiquer au moins un?... Je ne sais, mais la plupart des livres philosophiques écrits en France depuis longtemps déjà me semblent être privés de cette sève qui permettrait, sans contraste choquant et pour ainsi dire sans commettre une dissonance, de les étudier sous la voûte du ciel et en écoutant le murmure vivant de la création. L'épreuve d'une lecture en face des grands tableaux du monde sensible leur est toujours fâcheuse et fait deviner en eux un vide, une lacune essentielle. Leur psychologie solitaire, qui a évité le contact et le spectacle de la vie universelle, ne peut se mettre en harmonie avec elle. Il semble qu'ils aient été médités, non comme les œuvres de Gœthe, au bord de la mer ou à l'ombre des bois, mais dans de froides cellules, austères et nues, aux murs blanchis comme des sépulcres. Nos théories, nos jugements ont la roideur abstraite des idées monastiques. Gœthe nous apprendrait à sortir de l'étroit cercle invisible où nous nous sommes trop renfermés, et où nous risquons de dépérir lentement. Nous avons besoin d'une transfusion de sang; demandons-la au Docteur Faust, et notre spiritualisme languissant reprendra une jeunesse et une vigueur nouvelles.

IV

Annoncer au public ami des lectures délicates et élevées une œuvre de Daniel Stern[1], c'est lui donner une des nouvelles qu'il accueillera avec le plus de plaisir. Les qualités de cet éminent esprit sont en effet de celles qui deviennent de plus en plus rares; toujours précieuses, elles gagnent plus de valeur encore par le contraste qu'elles offrent avec les goûts préférés du jour qui passe. Vivant bien loin au-dessus des influences malsaines du temps, Daniel Stern a su rester fidèle aux habitudes qui, dès ses premiers écrits, lui ont donné dans la littérature contemporaine une place si haute et si originale. Pendant que la génération actuelle semble prise d'une soif

[1] *Dante et Gœthe*, Didier, 1866, 1 vol. in-8°.

étrange de réalité et même de vulgarité, la pensée de Daniel Stern, au contraire, ne peut embrasser aucun sujet sans l'entraîner dans ces pures régions où tout se colore des lueurs de l'idéal. Si vous aimez ces pays lumineux et paisibles, si vous désirez vous reposer des spectacles mesquins de la vie quotidienne en vous réfugiant dans les contemplations sereines, suivez Daniel Stern au cap Plouha, sur les grèves solitaires de la Bretagne, au sein de cette grande nature solennelle qu'il décrit admirablement, il vous entretiendra des plus hauts sujets sur lesquels puisse se porter la méditation, et vous fera pénétrer au fond de l'âme des deux poètes qu'il aime par-dessus tout : Dante et Gœthe. Ces deux génies frères ont été pour sa pensée blessée une source inépuisable de consolations : c'est un monument de reconnaissance qu'il leur élève aujourd'hui. Il voudrait que tous les cœurs qui souffrent d'amertumes que le monde ne peut guérir vinssent désormais, comme lui, implorer de ces grands médecins les breuvages fortifiants qu'ils lui ont prodigués. L'existence lui avait paru souvent une énigme épouvantable, dont le mot semblait n'être que douleur, néant peut-être; mais il a demandé à ces grands morts le secret de la vie; ils le lui ont révélé, et, dans sa gratitude, il chante en leur honneur un hymne d'admiration et de piété fervente.

On voit déjà combien l'inspiration première du livre est peu commune. Cette adoration filiale pour le génie lui donne comme un parfum religieux. La forme n'est pas moins neuve. L'auteur voulait étudier en détail *Faust* et la *Divine Comédie*, et en donner une interprétation personnelle. Au lieu de suivre la route ordinaire et trop battue, et d'écrire une dissertation en règle qui aurait effrayé bien des lecteurs, il a préféré donner un modèle de causerie entre « honnêtes gens ». — Quelques amis se trouvent réunis à la campagne, à Portrieux. Parfois, quand le soir tombe, ils vont s'asseoir au pied des austères rochers de granit qui bordent la côte, et la Comédie dantesque devient le sujet de leur conversation ; ou bien, par une matinée souriante, ils se promènent au bord de la mer immense qui reflète les scènes variées du rivage, et l'entretien se tourne alors vers la poésie de Gœthe. Au son lointain des vagues, devant l'infini visible, on parle de Faust. Ce cadre pittoresque a permis à l'auteur de tracer plusieurs paysages d'une grandeur de lignes et d'une finesse de touche exquises ; quelques traits suffisent pour évoquer devant l'imagination tout un tableau. C'est ainsi que Gœthe dessinait autrefois : il ne sut jamais rendre les détails, mais il excellait à saisir les quelques lignes qui expriment la physionomie d'un ensemble. Dès que ces larges indications étaient données, il considérait son dessin comme terminé, et l'abandonnait. On aime à retrouver dans le style de Daniel Stern ces mêmes habitudes de simplicité grandiose qui ne sont permises qu'aux maîtres, car il faut que le petit nombre de traits choisis soit d'une justesse parfaite. Le caractère des divers interlocuteurs est décrit avec cette même délicatesse sobre et fine. Au premier plan se montre Diotime. Ce pseudonyme platonicien, tout à fait à sa place dans ces dialogues pénétrés de la grâce attique, est un voile transparent derrière lequel l'auteur ne se cache qu'à moitié, et qu'il soulève de temps en temps, quand il raconte des souvenirs anecdotiques d'un précieux intérêt. Je citerai, entre autres, une scène où l'on voit apparaître Gœthe, scène qui entre pour toujours dans le souvenir, et dont les biographes allemands s'empareront avec joie. On devine aisément que cette noble et grave Diotime est l'apologiste des deux poètes : c'est elle qui célèbre en leur honneur, comme une prêtresse antique du dieu Homère, les rites sacrés. Autour de cette nouvelle Vittoria Colonna, un groupe de personnages variés sert surtout, comme dans Platon, à donner la réplique au personnage principal. Ces figures secondaires, esquissées d'un crayon extrêmement léger, restent dans une espèce de demi-jour qui leur prête un grand charme. Un petit roman d'amour, que l'on croit voir se nouer entre elles, éveille et excite la curiosité ; mais le livre se ferme sans qu'elle soit satisfaite. L'incertitude de cette conclusion si discrète est tout à fait conforme aux principes de la poétique de Gœthe : il aimait à s'arrêter avant de faire résonner les derniers accords, et laissait volontiers quelques notes absentes. Rien, en effet, n'est plus adroit; le lecteur est forcé de rêver encore quand il a terminé sa lecture; il devient poète malgré lui, et il jouit d'un des plaisirs les plus délicieux : sentir son imagination créatrice.

Ces quelques mots sur la composition générale des dialogues suffisent à faire deviner dans l'auteur un sentiment profond de l'art. Ce sentiment se révèle avec toute sa force dans la discussion qui forme le fond de l'ouvrage. Diotime, excitée par une contradiction un peu ironique, est amenée à démontrer, avec une abondance de preuves qui ne laisse plus aucun doute, que la *Divine Comédie* et *Faust* sont deux œuvres « très semblables ». Pour établir cette vérité, qui au premier coup d'œil peut sembler paradoxale, Diotime étudie d'abord la vie des deux poètes, puis leurs poèmes. Hommes et œuvres sortent de cette analyse comme le diamant sort des mains d'un habile lapidaire : là où nous n'apercevions que des lueurs douteuses brillent des feux rayonnants. Le secret de Daniel Stern pour donner ainsi aux deux poèmes un éclat inconnu, c'est d'y chercher et d'y découvrir des idées que nous aimons aujourd'hui. Les œuvres de génie sont immortelles, mais à la condition que chaque époque les admirera pour une raison différente. Chaque siècle choisit des motifs nouveaux pour justifier l'ancienne admiration.

Le privilège et le caractère propre des vrais génies, c'est de se prêter sans peine à ces transformations perpétuelles. Où trouver pour nous l'intérêt vivant dans la *Divine Comédie*, ce « testament du moyen âge »? Si Lamartine a dit jadis : « Dante est le poète de notre époque », c'est que le *vâtes* sentait vaguement des rapports secrets entre le vieux Florentin et nous ; mais quels sont précisément ces rapports? Daniel Stern les a aperçus et déterminés en étudiant le *Second Faust*, qui est la chair de notre chair, et où se retrouve une philosophie identique à celle de la *Comédie*.

Pour beaucoup de personnes, expliquer la *Divine Comédie* par le *Second Faust*, c'est éclaircir les ténèbres par la nuit : *obscurum per obscurius*. Je ne sais quelle espèce d'injure n'a pas été infligée à ce chef-d'œuvre, considéré en général comme le dernier mot du délire germanique. En 1823, M. de Sainte-Aulaire, traduisant le *Premier Faust*, qui passe cependant pour plus abordable, disait naïvement, à propos de la triple interprétation du verset : *In principio erat Verbum :* « Je n'ai pu me résoudre à mettre ce passage, *je n'y ai vu que du galimatias.* » L'Anglais Lewes, en 1866, pense encore à peu près comme M. de Sainte-Aulaire. En Allemagne même, Gottschall, historien littéraire estimé, n'a pas craint d'écrire récemment cette phrase : « La poésie du *Second Faust* ressemble à la musique d'un chat qui court sur les touches d'un clavier. » — Ces jugements prouvent que Schlegel a eu raison quand il disait : « Il est plus vite fait de se moquer que de comprendre. » Rien n'est pourtant plus facile que de jouir du *Second Faust* ; il suffit de prendre cette précaution préliminaire bien simple : mettre son imagination à l'unisson de celle de l'auteur. Ouvrez, par exemple, l'œuvre d'Albert Dürer, passez quelques heures à contempler les créations symboliques de ce maître souverain du merveilleux allemand, étudiez ces figures pensives aux gestes bizarres, qui séduisent et inquiètent, errez dans ces horizons crépusculaires, au milieu de ces végétations tourmentées qui semblent vivantes, enfoncez-vous dans ce monde rêvé qui vaut mieux que le nôtre, et quand vous vous serez un peu enivrés de ces visions étranges et profondes, lisez *Faust*, vous le trouverez alors parfaitement clair, et même parfaitement raisonnable. Mais, par malheur, nous voulons aborder ces œuvres comme un feuilleton de chroniqueur; nous nous étonnons d'abord de ne pas y prendre goût; bientôt nous nous irritons, et nous arrivons enfin au dégoût et à l'outrage. La poésie du *Second Faust* est faite surtout pour nous choquer, nous autres Français, qui, par nos traditions littéraires, ne sommes en rien préparés aux courses si hardiment capricieuses que le poète nous impose. Pendant deux cents ans, nous avons posé tout autour de la littérature des principes, comme des garde-fous, pour empêcher les poètes de s'envoler au hasard, et, malgré toutes les tentatives d'affranchissement, nous sommes toujours les petits-fils de l'abbé d'Aubignac. Citadins prosaïques et académiques, nous voulons que la poésie ne nous dérange pas trop de nos habitudes journalières; nous ne la concevons guère que comme un petit ornement, une auréole coquette, excellente pour donner aux objets qui nous entourent une couleur un peu moins terne. Nous n'obéissons doucement, et sans nous révolter, qu'à une tyrannie, la tyrannie de l'élégance. Mais si la poésie prétend être une vision libre, originale, indépendante des lois de la logique et de l'existence ordinaire, nous sommes déroutés et nous nous récusons. Or, *Faust* est un de ces poèmes qui se plient le moins à nos règles, et même à toutes les règles connues; il a eu le tort de créer un genre inédit : notre critique reste donc interdite devant lui. Cependant, quand notre siècle n'apparaîtra plus aux hommes que dans cette brume où nous apercevons nous-mêmes le moyen âge ou l'antiquité; si, dans ce siècle, devenu une des nébuleuses de l'histoire, il est encore une créature visible, ce sera *Faust*. Seul, ce fantôme restera pour dire que nous avons vécu, douloureusement douté, et triomphé enfin du doute. Plus on étudie ce poème, plus on arrive à cette conviction que c'est l'œuvre de notre temps qui a en elle les éléments de durée les plus indestructibles. Ce privilège mérite bien de lui faire pardonner quelques défauts, que je suis loin de nier. Si le poème semble à tant de lecteurs une encyclopédie de mystères, c'est surtout parce qu'il y a chez Gœthe, comme chez Dante, excès et abus d'allégories. Ce goût commun n'a rien qui doive surprendre, quand on pense aux habitudes de la philosophie de leur temps. Tout le monde reconnaît que l'ensemble des travaux de la philosophie allemande, depuis

Kant jusqu'à Hegel, sera considéré dans l'histoire, quant à la forme, comme une nouvelle scolastique. Au treizième et au dix-neuvième siècle, même amas d'abstractions enchaînées avec une puissance souvent stérile, même désir d'embrasser l'univers dans des classifications forcées. Dante étudiait la *Somme* de saint Thomas, et lisait le *Trésor* de Brunetto Latini, si ambitieux et si enfantin; Gœthe voyait l'Allemagne s'enfoncer dans l'étude de la *Phénoménologie* de Hegel, et assistait à la naissance du symbolisme mythologique : il y avait là mêmes dangers et mêmes tentations pour les deux poètes; ils ont eu à cœur de prouver qu'il leur était possible d'être aussi subtils que leurs illustres contemporains, et ils y ont trop réussi. Une autre cause d'obscurité de cet immense opéra philosophique, c'est que l'action du *Faust* se passe en dehors du temps et de l'espace. Le moyen âge, le dix-neuvième siècle, l'antiquité, la Grèce, l'Allemagne, se coudoient et se mêlent à chaque instant dans une unité fantastique qui ne s'accepte qu'avec difficulté. La cause première des bizarreries de ce plan doit être cherchée dans la légende même dont le poème n'est que le développement, et Gœthe n'est pas responsable de ce qu'il peut y avoir d'inattendu, par exemple, dans cette apparition d'Hélène, qui étonne tant de lecteurs; les grands incidents de son poème lui étaient imposés par la tradition; il faut les accueillir sans les discuter, et s'attacher simplement au sens que le poète leur a prêté. Cette excuse une fois donnée, on doit reconnaître que le plan de Dante est plus logique, et réussit bien mieux à rendre vraisemblable l'impossible. Son poème, en effet, a une date précise, et donne la géographie, dresse l'état du monde terrestre et divin le vendredi saint de l'an 1300. L'imagination, entraînée au sein des visions, a ainsi un point fixe, bien déterminé, pour s'orienter. — Enfin, chez Gœthe, les intermèdes sont beaucoup trop développés, et ont pour ainsi dire trop de sens. Molière a intercalé aussi des intermèdes au milieu de ses drames; mais il a simplement fait défiler des masques bariolés qui ne cherchent qu'à charmer les yeux et à reposer l'attention. L'esprit sérieux de Gœthe a évoqué une foule de figures symboliques qui passent en débitant chacune un petit aphorisme souvent très fin, une xénie piquante, mais qui, par son tour elliptique, exige une certaine méditation pour être bien goûtée. Ces intermèdes, au fond, sont un recueil de pensées diverses, présenté sous forme de panorama dramatique. En leur donnant tant d'importance, Gœthe a commis une faute de perspective : on est tenté de prendre l'accessoire pour le principal, et on croirait alors entendre une orchestration combinée de façon à enchevêtrer les uns dans les autres plusieurs airs tout à fait différents. Ces défauts sont-ils de ceux qui touchent à l'essence du poème? Nullement :

ils indiquent seulement qu'il faut admirer *Faust* à peu près comme on admire le château de Fontainebleau, qui a été appelé un *rendez-vous de palais*. *Faust* est de même un rendez-vous de chefs-d'œuvre. D'ailleurs, quand on est arrivé à se rendre maître de ce désordre par une lecture assidue, il plaît infiniment, parce qu'il est une image exacte de l'immense et inextricable complexité de la vie, dont le poème a tenté d'être un reflet. Jetons par la pensée les yeux sur l'ensemble des choses : nous croyons apercevoir un fourmillement infini de forces et d'êtres qui se mêlent en myriades de groupes au sein desquels notre regard se perd. N'est-ce pas là le souvenir que laissent les scènes de *Faust*? — N'insistons donc pas davantage sur les défauts de cette œuvre gigantesque, et, sans parler soit de la poésie du style, qui est partout merveilleuse, soit du sentiment de la nature, qui nulle part n'a trouvé un interprète plus ému, revenons à la pensée que

Daniel Stern a voulu mettre en relief et qui se retrouve dans tous les grands écrits du poète.

La vie humaine était volontiers considérée par Gœthe comme une lutte entre l'idéal et la réalité, entre les aspirations et les possibilités. Selon lui, la sagesse pratique de chaque jour consiste à savoir établir entre ces deux éléments, perpétuellement variables, l'équilibre stable. Dès qu'il est rompu, il y a désordres et fautes. Dans les héros de ses drames et de ses romans, Gœthe nous offre pour ainsi dire des types, des échantillons variés de cette rupture. Si elle persiste trop longtemps, le dénoûment sera forcément tragique, et le héros mourra. Si elle cesse, le dénoûment est heureux, et le héros, instruit par l'épreuve, continue une existence désormais régulière et affermie. — Werther veut introduire forcément dans la vie la passion toute pure; mais, comme une essence trop volatile qui fait éclater un vase étroit, cette passion met tout en pièces autour d'elle et tue son ardent apôtre. Le joyeux Egmont a pour la liberté un amour fait de témérité et d'inexpérience ; le sévère Gœtz est le défenseur du droit inflexible : tous deux meurent vaincus et désespérés. Ottilie est un Werther féminin. Le Tasse n'accepte et ne comprend que la poésie, il se brise contre le prosaïque Antonio. Voulez-vous ne pas être brisés, vaincus ou tués? prenez alors pour modèles ces autres enfants de l'imagination de Gœthe : Wilhelm Meister et Faust. Tous deux aussi ont été épris d'idéal; tous deux ils ont été dévorés de désirs infinis ; mais, plus heureux que leurs frères, ils ont su peu à peu obéir à la voix menaçante de l'expérience, céder de leurs prétentions, et mettre en équilibre leurs aspirations sans limites avec les réalités bornées qui les entouraient. Quand ils ont fait les premiers pas sur la route de la vie, tous deux se sentaient les bras assez vastes pour étreindre l'univers ;

ils voulaient tout connaître, tout épuiser, comme nous tous à vingt ans. Cependant, arrivés au bout de leur voyage, que sont-ils devenus? Wilhelm Meister s'est fait chirurgien, et Faust ingénieur des ponts et chaussées. C'est là, en apparence, pour le lecteur frivole, une chute ridicule, et elle révoltait le romantique Novalis, l'amant de « la fleur bleue ». — Combien Werther semble plus grand, disparaissant dans la fumée de son pistolet comme dans une gloire! Mais, au contraire, selon Gœthe, Werther est le fou, Faust et Wilhelm sont les sages. Si, du sein des profondeurs de l'infini, une voix proclame (contrairement à la légende du moyen âge) que Faust est sauvé, ressuscité, c'est parce qu'il a su, à sa dernière heure, reconnaître le vrai but de la vie. Il ne fait pas d'acte de contrition, ce qui indignait fort Wolfgang Menzel, mais il fait mieux : il renonce aux satisfactions capricieuses de ses fantaisies sans frein, et, guéri de la soif prématurée de l'infini, il consacre son activité, qui est sa vertu, à des travaux pratiques utiles à ses frères. Werther et le Tasse ne sont, en réalité, idolâtres que de leurs jouissances personnelles; Faust, comme Wilhelm, s'est dégagé peu à peu de cette autolâtrie. Le retour perpétuel sur lui-même a fait place à la pensée constante d'autrui, et il reconnaît que le dévouement est l'incarnation vraie de l'idéal que l'être humain porte en lui. — Remarquons encore ici avec quelle énergie les écrits de Gœthe répugnent aux doctrines égoïstes, épicuriennes; jamais elles n'ont été combattues avec plus de suite et de force : l'amour et l'activité sont les deux pôles de sa philosophie morale[1]. Ce que l'on prend pour

[1] « *Wo ich nütze, ist mein Vaterland. Sage ich : trachte jeder, uberall sich und andern zu nutzen, so ist dies nicht etwa Lehre noch Rath, sondern der Ausspruch des Lebens selbst.* — Là où je suis utile, là est ma patrie. Si je dis : Que chacun travaille à être utile à soi et aux autres, ce n'est pas là comme une leçon ou un conseil : c'est l'*Arrêt* rendu par la Vie même. » — Et ailleurs : « *Ich habe mein Pflicht gethan. — Aber was ist Pflicht ohne die gegenwart*

son égoïsme, c'est tout simplement le sentiment de la valeur de l'individu, et ce n'est pas de nos jours que l'on contestera la justesse de ce sentiment.

On voit donc qu'il y a eu deux Faust, parce qu'il y a eu deux Gœthe : le second est l'antithèse du premier, comme le vieillard est l'antithèse du jeune homme. L'un dit avec Prométhée : Défi et dédain. L'autre dit avec Wilhelm : Résignation et amour. Cette évolution est profondément humaine, et nous devons presque tous l'accomplir. Le poème l'a accomplie avec le poète lui-même, et c'est là une des mille raisons qui font de cette œuvre une création unique. Les premiers vers, qui sont le cri juvénile de nos premières espérances déçues, ont été en effet écrits dans la jeunesse de Gœthe. La dernière partie, expression de l'expérience de la vie,

der Liebe? — J'ai fait mon devoir, dites-vous. — Mais qu'est-ce que le Devoir, si l'Amour n'est pas présent à côté du Devoir? »

a été tracée lorsque l'expérience était acquise. Le livre s'est fait chaque jour parallèlement à l'existence de son auteur : l'un est la projection de l'autre, et ce dernier soupir : *plus de lumière!* semble un élan de son cœur vers les cieux immaculés et éblouissants qui s'entr'ouvrent aux dernières lignes du poème.

Otez à Dante ce que Schlegel appelait son « déguisement monacal », et vous apercevrez dans son poème cette même progression, ce *pilgrim's progress* qui conduit du tumulte douloureux et stérile à la sérénité féconde. Dès les premiers vers, dans cet homme inquiet, perdu au milieu d'une forêt obscure, entouré de monstres qui le menacent, ne retrouve-t-on pas Faust, rêvant dans son laboratoire sombre, livré à ses pensées qui le rongent, égaré bien loin de la voie droite? Faust et Dante sont tout près de périr; mais une créature d'une nature supérieure, un guide magique, les entraîne au delà de la vie réelle, et ils partent pour une excursion à travers l'infini. Toutes les grandes scènes, toutes les grandes formes de l'existence vont alors se montrer devant eux comme des avertissements symboliques ; ils passent une revue de l'univers moral. Tantôt, c'est « la bestialité dans toute son horreur repoussante » : la taverne d'Auerbach répond au cercle de boue. Tantôt, c'est l'amour dans son charme le plus naïf et le plus irrésistible : Gretchen est une sœur de Francesca. A ces créatures si séduisantes succèdent brusquement les monstres, les folles sorcières du Brocken ou les diables informes de l'abîme, qui peuvent lutter pour la laideur extravagante de l'âme et du corps. Cependant, les horizons s'élargissent, un monde plus vaste se révèle ; Hélène paraît : Béatrice remplace Virgile. L'influence bienfaisante de la femme, c'est-à-dire de l'amour, a purifié l'âme des deux infatigables voyageurs ; ils s'élèvent sans cesse, et enfin, parvenus sur les hauteurs suprêmes, la même extase les ravit, comme la même tristesse les avait jadis abattus; tous deux s'arrêtent et se taisent devant le spectacle ineffable des splendeurs divines. — J'indique ici seulement la direction générale de la courbe tracée par les deux poètes; il faut, pour admirer toutes les analogies de leur pensée, la suivre pas à pas à l'aide des analyses si ingénieuses de Daniel Stern. Dante et Gœthe, dans cette double méthode d'initiation à la vie véritable, qu'ils ont tracée à six siècles de distance, s'accordent sur toutes les règles essentielles. Ces deux âmes, « de même trempe et de même timbre », nous ont laissé la même « doctrine de salut », c'est-à-dire ont conçu de la même façon les rapports de Dieu avec l'homme. La *Divine Comédie*, ainsi envisagée, n'est plus seulement un chef-d'œuvre littéraire, elle reprend son caractère de *Bible*, c'est-à-dire de Livre où l'homme de tous les temps peut venir avec confiance chercher rafraîchissement et force. Nous ne la lisons plus en la laissant comme en dehors de notre être. Si Dante n'est plus séparé de nous que par des différences de costumes et de mœurs; si sa pensée, dans son intimité profonde, est identique à la nôtre, sa parole n'est plus seulement pour nous celle d'un peintre de génie, c'est celle d'un maître : « *Duca, signore, e maestro.* » Nous l'applaudissions, nous l'écoutons. L'admiration du dilettante fait place à l'affection respectueuse du disciple. Un charme tout nouveau s'exhale de ces tercets aux concisions mystérieuses. Nous avons un ami de plus, que nous interrogeons et qui nous répond. Que de fois a-t-on dit : « Dante ne nous est plus accessible que par le style; quelques vers d'une beauté étonnante, voilà ce qui reste de lui; tout le reste est mort. » — C'est là un hommage dérisoire. Ce qu'il y a de plus grand dans la *Divine Comédie*, ce n'est pas l'imagination, c'est l'âme du poète. Pour conquérir la sérénité qui est répandue dans ses derniers chants, elle a fouillé avec acharnement les mystères de notre nature. Un des Français qui ont approché Gœthe disait : « Quand sa « physionomie n'est pas animée, elle ex- « prime une noble tristesse. On croit voir « un héros de l'antiquité écrasé sous le poids « de notre misère. Il a dans le front et dans « le regard quelque chose de profondément « tragique. » Cette impression est celle-là même qui nous frappe lorsque nous considérons l'âpre et majestueux profil du Florentin. Consultons donc avec confiance l'austère songeur. Parce que nous ne partageons plus les naïvetés de sa foi, est-ce donc une raison pour qu'il n'ait rien à nous confier sur la destinée humaine? La partie périssable de ses croyances était la partie superficielle. Laissons de côté le « théologien » et allons droit à l'homme : il se révélera à chaque page de son poème, qui fut sa confession générale, et sur chacun des grands problèmes qui nous tourmentent, il nous dira quelque mot digne de son noble cœur, resté si vigoureux et si fier dans sa mélancolie. Daniel Stern, suivant pieusement ses traces, reprend tour à tour chacun de ces problèmes, et trouve ainsi l'occasion d'étudier les questions les plus graves de notre temps. Son livre, sous une apparence purement littéraire, est donc un livre de philosophie religieuse. D'un aperçu que Schelling et le baron d'Eckstein avaient énoncé sans savoir en soupçonner la richesse, son esprit pénétrant tire tout un ensemble de considérations de l'ordre le plus élevé. Son talent, qui se plaît sur les hauteurs, se déploie là dans toute sa liberté, et on est heureux de saluer de nouveau les éclatants mérites qui ont fait le succès si légitime des *Esquisses morales* et de l'*Histoire de la Révolution de 1848*. Je ne veux pas parler du style, on sait qu'il en est peu qui aient plus de race; je veux simplement relever cette hardiesse tranquille qui dédaigne les prudences habituelles et sait dire tout haut ce que nous osons à peine penser tout bas. Ces pages sont de celles où l'on n'entend résonner que « les harmonies et non les dissonances des choses » ; mais cette réconciliation idéale des contraires n'est achetée par aucun sacrifice, et n'enlève rien à la fermeté des conclusions. Il y a là une leçon dont plus d'un de nos contemporains pourrait profiter. De nos jours, oublieux de l'exemple pourtant si mémorable laissé par Leibnitz et Bossuet, des esprits distingués ont cru que l'on pouvait réconcilier la libre pensée et l'orthodoxie, en les amenant à faire toutes deux des concessions réciproques. Ces alliances factices, calculées, sont destinées à périr, parce qu'elles reposent au fond sur des mensonges ou des réticences. Ce n'est pas en s'amoindrissant mutuellement, c'est au contraire en s'agrandissant, que les deux doctrines deviendront moins ennemies. Il faut qu'elles restent elles-mêmes, mais qu'elles s'élèvent dans une sphère plus haute. Obéissant à la loi éternelle des métamorphoses chantée par Gœthe, qu'elles brisent leurs enveloppes vieillies, trop étroites, et qui ne sont plus que des masques fanés : sous la forme nouvelle qu'elles revêtiront apparaîtront des ressemblances jusqu'alors cachées. Alors seulement elles pourront se dire « sœurs ». — Des œuvres poétiques et sereines comme celle de Daniel Stern ne semblent-elles pas être de blancs oiseaux, porteurs du rameau vert, harmonieux messagers de cet avenir si désiré? En voyant se rapprocher les deux grandes ombres de Dante et de Gœthe, qui paraissaient devoir rester éternellement aux deux extrémités de la pensée pour en marquer les points les plus opposés, il m'a semblé voir le passé et l'avenir marcher l'un vers l'autre et se tendre la main. J'ai cru que le temps venait où, sur le signe de ces deux maîtres de la vie, allait se reformer la grande unité qui seule nous donnera la paix profonde. Si ce n'est là qu'un rêve; si nous ne devons jamais retrouver à la fin de notre route ce paradis légendaire dont nous affirmons être sortis, comme pour nous exhorter nous-mêmes à en chercher toujours l'entrée perdue; si notre destinée est de marcher sans cesse vers l'inaccessible, en traînant le lourd fardeau qui nous écrase, remercions du moins les âmes généreuses qui veulent avoir confiance en dépit de tout, et qui savent corriger par l'illusion de l'espérance les amertumes de cette autre illusion qui s'appelle la vie.

TABLE DES MATIÈRES

Versailles. — Imprimerie AUBERT, 6, avenue de Sceaux.

DU MÊME AUTEUR :

Conversations de Gœthe avec Eckermann, suivies de fragments critiques extraits des œuvres non traduites de Gœthe, et précédées d'une introduction par M. Sainte-Beuve. — 2 vol. (Bibliothèque Charpentier, 1862). . . . . . **7 fr.**

Versailles pendant l'Occupation. — Recueil de documents pour servir à l'histoire de l'invasion allemande. — 2e édition. L. Bernard, Versailles, 1900, in-8°. . . . . **6 fr.**

Ce que les Poètes ont dit de Versailles. — L. Bernard, Versailles, 1870, in-18. . . **1 fr.**

Notice sur Houdon, par E. Delerot et A. Legrelle. — Versailles. 1 vol. in-8°. *(Epuisé.)*

www.ingramcontent.com/pod-product-compliance
Ingram Content Group UK Ltd.
Pitfield, Milton Keynes, MK11 3LW, UK
UKHW031906260826
14628UKWH00003B/1025

9 782019 977573